KB164629

시시詩視한 '어린 왕자' 읽기

내 안의 아이를 만나다

고석근 지음

FOREST
WHALE

차 례

여는 글 … 6

1장 내 안의 아이를 만나다

너 자신을 속이지 마라 … 10

예술이 너희를 자유롭게 하리라 … 16

신이 죽은 시대 … 21

성찰하지 않는 삶은 살 가치가 없다 … 26

우연과 필연 … 31

악은 항상 선과 함께하는 괴물이다 … 38

집을 떠나라 … 45

너 자신을 알라 … 51

2장 살아 있음의 환희

청렴에 대하여 … 60

명쾌함은 최악의 상태이다 … 66

아름다움이 인류를 구원하리라 … 71

질문하라 … 78

많이 가질수록 가난해진다 … 83

삶의 의미 … 89

외로움과 고독 사이 … 95

'변태(變態)'를 위하여 … 101

3장 서로가 서로에게 하나뿐인 존재

가벼움과 무거움의 사이에서 ⋯ 108

이 세상에 하나밖에 없는 존재를 위하여 ⋯ 114

인드라의 구슬 ⋯ 119

친구를 찾아서 ⋯ 125

우리는 모두 친구가 되고 싶다 ⋯ 131

'아름다운 작은 사회'를 위하여 ⋯ 137

이별 없는 세대 ⋯ 145

성스러움을 위하여 ⋯ 150

4장 영원을 향하여

아이가 되어라 ⋯ 158

사람 위에 사람 없고 사람 밑에 사람 없다 ⋯ 164

길들인 것은 언제까지나 책임이 있다 ⋯ 169

'오싱'을 위하여 ⋯ 174

할 일 없는 사람 ⋯ 181

현재를 즐겨라 ⋯ 187

삶과 죽음은 하나다 ⋯ 192

삶을 모르는데 어찌 죽음을 알겠는가? ⋯ 200

여는 글

내 안의 아이에게 가는 길

우리 안에는
영원히 죽지 않는
어린아이가 산다.

누구나
절체절명의 순간에는
자신 안의 아이를 만나게 된다.

아이가 반짝 눈을 뜨면서
길을 가르쳐 준다.

우리는
'어린 왕자'를 읽으며
우리 안의 아이를 만나야 한다.

귀를 기울이면
언제나
그의 목소리가 들려 온다.

우리도
그 아이가 되어 신나게
살아갈 수 있다.

2024년
초여름에

고석근

1장

내 안의 아이를 만나다

어른들도
처음에는
다
어린아이였다.

너 자신을 속이지 마라

어른들도 처음에는 다 어린아이였다.
(그러나 그것을 기억하는 어른들은 별로 없다.)

– 앙투안 드 생텍쥐페리, 『어린 왕자』에서

오랫동안 인문학을 강의하며 많은 것을 느꼈다. 공부가 빠른 사람과 늦은 사람, 왜 그럴까?

그 차이는 '자신을 속이는가? 자신에게 솔직한가?'에 달려있었다. 어떤 마음을 갖느냐에 의해 공부의 진전이 천양지차로 갈라졌다.

자신을 속이는 사람들을 잘 살펴보면, 본인도 자신을 속이는 것을 잘 모르는 경우가 많았다.

사람은 자신이 살아온 기억이 축적되어 정체성이 형성된다. 사실 인간은 자기 동일성을 갖는 정체성이 없다.

우리의 몸과 마음은 계속 바뀐다. 몸은 우리가 먹은 음식에 의해 만들어지고 만들어진 세포들은 몇 년 안에 다 교체된다.

우리는 태어나 죽는 게 아니라, 삶 자체가 삶과 죽음의 연속이다. 몸과 마음 전체가 계속 바뀌기 때문이다.

하지만 우리는 지나간 삶을 기억하며 자신이 '한 사람'이라고 생각하게 된다. 그런데 그 기억들에는 잊고 싶은 것들이 많다.

마음에 깊은 상처가 새겨진 경우다. 그럴 때 사람들은 그 기억을 잊으려 한다. 하지만 그 기억들은 무의식 깊은 곳으로 스며든다.

본인도 모르는 무의식의 상처들, 그 상처들을 숨기려다 보니, 우리는 자신을 속이게 된다.

과거에 상처를 준 사람들은 무의식에 이미지로 남아 있다. 그러다 그런 사람의 이미지를 가진 사람을 만나게 되면, 본인도 모르게 싫어하게 된다.

그러고는 그런 사람을 싫어하는 이유를 만들어 낸다. 언뜻 보면, 합리적인 이유다. 그래서 본인도 속는다.

본인을 속이는 마음은 지혜롭지 못하다. 그런 마음으로 공부하면, 지식도 왜곡되고 지혜는 생겨나지 않는다.

이런 사람이 머리가 좋은 경우에는 '연극'은 잘할 수 있다. 지식인인 척, 지혜가 많은 척 연극을 할 수 있다.

그런 사람들에게 스스로 솔직해지라고 하면, 강한 거부감을 일으킨다. 본인 스스로는 자신을 속이지 않는다고 생각하기 때문이다.

본인을 속이는 것은 우리의 본성, 맑디맑은 큰 거울 같은 우리의 마음에 먹구름이 드리워지는 것과 같다.

우리의 타고난 통찰, 직관력이 먹구름 아래로 묻혀 버리는 것이다. 지식 공부는 학습으로 되지만, 지혜를 익히는 공부는 본인의 본성이 깨어나야 한다.

우리의 오래된 공부법에 '거경궁리(居敬窮理)'가 있다. 거경은 마음이 경(敬)에 거하는 것이다.

경은 경건함이다. 우리의 마음이 가장 고요할 때다. 세상 만물이 눈부시게 고귀하게 보일 때다.

우리는 이런 마음을 항상 지니고 살아야 한다. 아무리 과거의 상처가 크더라도 이런 마음을 찾으려 노력하면, 자신의 본성이 드러나게 된다.

이런 마음을 지니고 궁리(窮理)해야 한다. 삶의 이치를 찾아야 한다. 이런 마음은 맑디맑기에 세상 만물을 그대로 비춘다.

세상의 이치가 그대로 보인다. 자기 삶과 세상사, 세상 만물이 훤히 보이게 된다.

어린 왕자는 말한다. "어른들은 누구나 처음에는 어린아이였다. 그러나 그것을 기억하는 어른은 별로 없다."

'어린아이'는 우리의 본성이다. 우리는 어린아이를 항상 기억해야 한다. 우리의 많은 기억이 먹구름처럼 내면의 어린아이를 가리고 있다.

우리는 항상 마음을 고요히 하고, 마음의 빛이 내면으로 향하게 해야 한다. 깊이 잠든 어린아이를 깨우기 위해.

인생은 축제일과 같은 것

하루하루를 일어나는 그대로 살아 나가라

길을 걷는 어린아이가

바람이 불 때마다

온몸에 꽃잎을 받아들이듯

– 라이너 마리아 릴케, <인생> 부분

우리는 우리 안의 어린 왕자를 깨워야 한다. 어린 왕자가 우리의 삶을 살아가게 해야 한다.

우리의 삶은 나날이 축제가 될 것이다.

예술이 너희를
자유롭게 하리라

　내 그림은 모자를 그린 게 아니라 코끼리를 소화하고 있는 보아뱀을 그린 것이었다. 그래서 나는 어른들이 알아볼 수 있도록 보아뱀의 속을 그렸다.

　– 앙투안 드 생텍쥐페리,『어린 왕자』에서

　17세기에 과학혁명이 일어나고 18세기에 산업혁명이 일어나며 근대사회가 등장하게 되었다.

　과학은 눈에 보이는 물질세계를 탐구한다. 이 과학의 눈으로 세상을 보게 되자 산업혁명이 일어나게 된 것이다.

우리는 지금 산업혁명이 가져온 엄청난 물질적 풍요를 구가하고 있다. 그 결과 눈에 보이지 않는 것은 보지 못하게 되었다.

그래서 어른들은 어린아이가 그린 '코끼리를 소화하고 있는 보아뱀 그림'을 모자로 보게 되는 것이다.

이렇게 되면 어른들의 마음이 어떻게 될까? 항상 공허하게 된다. 자신이 빈껍데기로 살아가는 느낌이 들게 된다.

삶의 권태, 현대인의 특징이다. 현대인들은 권태감에 진저리를 친다. 가만히 있을 수가 없다.

내적 공허감을 잊기 위해 항상 바쁘게 살아가야 한다. 온갖 쾌락에 빠져 살아야 한다.

우리는 학교에서 학문을 배웠다. 모두 과학이었다. 자연과학, 사회과학, 인문과학. 우리는 눈에 보이는 것만 열심히 공부했다.

괴테의 '파우스트'는 과학적 인간의 파멸과 구원을 보여준다. 파우스트 박사는 온갖 공부를 다 했다.

모든 학문, 과학을 섭렵한 그는 삶의 의지를 잃어버렸다. 자살하려고 마음을 먹다가 밖에서 들려오는 부활절 행사의 종소리를 듣고 삶의 의지를 느끼게 된다.

그는 자신의 깊은 무의식 속의 자신을 만나게 된다. 메피스토펠레스다. 자신의 무의식에 꼭꼭 숨겨 놓은 어두운 자신이다.

파우스트는 진정한 자신을 만났기에 끝내 구원이 된다. 어느 날 그는 외치게 된다. "멈추어라. 순간이여, 너는 참으로 아름답구나!"

과학적인 인간이었던 파우스트는 예술적 인간이 되고서야 구원이 되었다. 니체는 말했다. "진리는 예술에 의해 드러난다."

예술은 무의식의 산물이다. 우리의 진짜 마음은 무의식에 있다. 그래서 라캉은 "나는 생각하는 곳에 없고, 생각하지 않는 곳에 있다"라고 했다.

과학 공부를 열심히 한 우리는 항상 생각하며 살아간다. 생각하는 나, 거기에 나는 없다.

우리는 유령이 되어버렸다. 우리는 과학적인 인간에서 예술적 인간으로 다시 태어나야 한다.

그러려면 우리는 마음속의 악마를 만나야 한다. 그래서 현대 예술에는 기괴한 것들이 많다.

왜 현대 예술이 아름다움을 보여주지 않느냐고 말하는 사람은 자신의 무의식을 두려워하고 있다.

우리는 당분간 어두운 동굴 속에서 헤매게 될 것이다. 우리는 이 암흑의 시간을 견뎌야 한다.

어느 날 입구를 찾게 되었을 때, 우리도 파우스트처럼 외치게 될 것이다. "멈추어라. 순간이여, 너는 참으로 아름답구나!"

대리석 속에 떠오르는 헐벗은 얼굴을 파괴할 것.
모든 형태 모든 아름다움을 파괴할 것.

– 이브 본느프와, <미완성의 절정> 부분

인류는 오랫동안 완벽한 아름다움을 찾아왔다. 어딘가에는 '이데아(Idea)'가 있을 거야!

Idea, 생각이다. 우리는 생각 속에서 수많은 신(神)을 만들고, 신들의 세상을 꿈꾸었다.

이제 우리는 생각의 바벨탑들을 부수어야 한다. '미완성의 절정'을 맛보아야 한다. 순간이 멈춘, 영원을 만나야 한다.

신이 죽은 시대

나는 좀 똑똑해 보이는 사람을 만날 때마다, 항상 품고 다니던 내 그림 제1호를 꺼내 그를 시험해 보곤 했다. 그가 정말 이해력이 있는 사람인가 알고 싶었다. 그러나 늘 이런 대답이었다. "모자로구먼."

– 앙투안 드 생텍쥐페리, 『어린 왕자』에서

로또 복권 3등으로 당첨되어 수백만 원이 생겼다며 신에게 감사 기도를 드리는 분을 보았다.

그는 진정으로 신을 믿고 있는 걸까? 그가 로또 3등이 될 때 다른 사람은 떨어져야 한다.

그는 자신의 이기적 욕심을 채워주는 신이 정말 신이라고 믿고 있는 걸까? 나는 그가 믿는 신은 '우상(偶像)'이라고 생각한다.

우상, 자신이 신이라고 생각하는 신의 형상이다. 사람은 누구나 신에 대한 상이 있다.

하지만 그건 진정한 신이 아니다. 신은 우리 내면의 가장 깊은 곳에 있다. 자신의 가장 깊은 내면으로 들어가 본 사람만이 신을 알고 믿을 수 있다.

이러한 깊은 깨달음이 오기 전에 믿는 신은 우상이다. 어린 왕자는 자신의 모자 그림을 좀 똑똑해 보이는 사람을 만날 때마다 보여주었다.

그는 그들이 정말 이해력이 있는 사람인가 알고 싶었다. 그러나 늘 이런 대답이었다. "모자로구먼."

왜 그들의 눈에는 보아뱀의 속이 보이지 않고, 보아뱀의 형상만 보일까? 과학의 눈으로 그 그림을 보기 때문이다.

현대인의 사고의 틀은 과학이다. 과학은 눈에 보이는 것만 다룬다. 눈에 보이지 않는 것은 과학의 영역이 아니다.

우리는 어릴 적부터 과학이라는 이름의 학문을 배운다. 이렇게 과학으로 무장한 현대인이 보이지 않는 신을 믿을 수 있을까?

현대인의 신은 우상이 될 수밖에 없다. 신을 믿는다는 것은, 순교할 수 있는 것이다.

현대종교의 신도 중에 순교할 수 있는 사람이 과연 얼마나 될까? 로또 3등 된 그분의 목에 칼이 들어와도 그는 신에 대한 믿음을 고수할까?

오래전에 어디서 읽은 글이다. 한 선비가 길을 가다 정자에서 쉬고 있는데, 노부부가 길을 가다 쉬러 오더란다.

그 노부부는 며느리가 제대로 효도하지 않아 불공을 드리러 간다고 했다. 그러자 그 선비는 노부부에게 다음과 같이 말했다고 한다.

"며느님은 관세음보살님입니다. 항상 며느님을 관세음보살님으로 공경하셔야 합니다. 그렇게 하면 큰 복을 받습니다."

집으로 돌아간 그 노부부는 며느리를 항상 공경하여, 며느리에게서 효도를 받게 되었다고 한다.

결국, 큰 복을 받게 된 것이다. 이것이 믿음이다. 정말 믿게 되면 큰 복이 오게 되어있다.

순교한 사람들도 육체는 고통스러웠겠지만, 영혼은 더없이 맑았을 것이다. 영혼의 기쁨만큼 큰 기쁨이 어디에 있겠는가?

그런데 과학적 지식으로 세상을 보게 되면, 신은 볼 수 없다. 신이 죽은 시대, 현대인은 이제 스스로 자신의 길을 찾아가야 한다.

스스로 자신의 길을 찾는 게 두려운 사람들은 우상을 숭배하거나 사이비 종교에 빠지게 된다.

우리가 스스로 길을 찾아가려면, 먼저 과학적인 사고의 틀에서 벗어나야 한다. 우리의 눈이 보이지 않는 것도 보게끔 맑아져야 한다.

그대는 황제,
홀로 살라.
자유의 길을 가라,
자유로운 지혜가 그대를 이끄는 곳으로
사랑스러운 사색의 열매를 완성해 가면서,
고귀한 그대 행위의 보상을 요구하지 말라

- 알렉산드르 푸시킨, <시인에게> 부분

현대는 모든 사람(民)이 황제(主)가 되어야 하는 시대다. 모두 '자유의 길'을 가야 한다.

우리 모두 시인이 되어야 한다.

성찰하지 않는 삶은
살 가치가 없다

나는 이렇게 진심을 털어놓고 이야기할 사람도 없이 혼자 살아오던 끝에, 여섯 해 전, 사하라 사막에서 비행기 사고를 만났다.

– 앙투안 드 생텍쥐페리,『어린 왕자』에서

조지프 캠벨 신화학자는 원자폭탄이 떨어진 일본의 나가사키에 두 번째 갔을 때, '우주 만물은 같은 근원에서 온다'라는 것을 깨달았다고 했다.

첫 번째 갔을 때는 '비극'을 느꼈지만, 두 번째는 '음란함'을 느꼈다고 했다. 나가사키에 있는 박물관의 벽화와 그림을 보고서 왜 그는 음란함을 느꼈을까?

참혹했던 전쟁의 상흔을 고스란히 보여주고 있는데…. 그는 그 이유를 이렇게 말했다.

"왜냐하면, 적들은 서로 피해를 주고받았기 때문이다. 우리가 당했다고 생각하는 일들은 우리가 자초한 일이다."

그는 이어서 말한다. "이것은 매주 중요한 깨달음이다. 도덕적 가치에 대해 이러쿵저러쿵 주장하는 이야기들은 그 모든 것의 중심에 있는 신비와 아무런 관계가 없다."

나가사키에 가 본 사람은 누구나 비극을 느낄 것이다. 그러다 도덕적 가치를 따질 수 있을 것이다.

'왜 이렇게 된 거야? 미국과 일본 누가 더 잘못한 거야?' 이렇게 따지다 보면, 결론은 나지 않을 것이다.

나가사키에는 휑하니 도덕적 담론만 남을 것이다. 이런 태도가 옳을까? 결국에는 삶의 허무감만 남을 것이다.

'각자 살아남자!'가 삶의 신조가 되어버릴 것이다. 조지프 캠벨은 "모든 것의 중심에 있는 신비를 찾아야 한다"라고 말한다.

일본의 군국주의와 미국의 제국주의가 맞부딪친 게 제2차 세계대전이다. 군국주의, 제국주의는 '나만 잘살겠다는 극한의 이기주의'가 낳은 괴물이다.

근대 산업화가 눈부시게 진행되면서, 물욕에 빠진 인간은 자신의 중심에 있는 신비, 영혼을 잃어버렸다.

영혼을 잃어버린 괴물들끼리 싸우는 전쟁에서 '누가 잘했는가? 누가 못했는가?'가 중요한가?

'어린 왕자'에서 주인공 나는 말한다. "이렇게 진심을 털어놓고 이야기할 사람도 없이 혼자 살아오던 끝에, 여섯 해 전, 사하라 사막에서 비행기 사고를 만났다."

자신의 진심을 털어놓지 않고 살아가는 나, 바로 이 시대를 살아가는 사람들의 서글픈 모습이다.

이런 사람들은 결국에는 서로 싸우고 죽이게 된다. '오직 나밖에 없는 사람'은 서로 충돌할 수밖에 없기 때문이다.

그 싸움이 세계대전의 모습으로 나타난 것이다. 그러면 이런 사람들의 구원은 어떻게 올까?

그런 사람들이 사고를 당하거나 병에 걸릴 때다. 사막에 불시착한 나, 구원의 길이 열리게 된다.

가슴에서 울고 있는 '어린 왕자'를 만나는 것이다. 내면의 어린 왕자는 자신의 영혼이자 우주의 신비다.

따라서 괴물로 살아가는 우리는 항상 자신의 마음을 들여다보아야 한다. 그러다 위기를 만날 때, 영혼이 눈이 뜨이게 된다.

내면의 어린 왕자가 깨어나 그를 구원해 준다. 그래서 인류의 스승 소크라테스는 "성찰하지 않는 삶은 살 가치가 없다!"라고 말했다.

인간은 자신을 성찰해야 하는 임무를 타고 태어났다. 그 임무를 다하지 않으면, 자신도 모르게 괴물이 되어 남을 죽이고 자신도 죽이게 된다.

불도저가
깔아뭉갤 듯 달려들어도
내 집이고 무덤이야!
꿈쩍 않는다

– 이영식, <돼지감자는 고집이 세다> 부분

인간은 '돼지감자의 고집'을 잃어버렸다. '생각하는 동물'로 진화했기 때문일 것이다.

'한 생각'에 의해 인간은 정신 승리를 한다. 눈앞의 이익만 좇다 결국 자신도 잃고 세상도 잃어버린다.

우연과 필연

해 뜰 무렵 이상한 작은 목소리가 나를 불러 깨웠을 때, 내가 얼마나 놀랐겠는가. 그 목소리는 말했다. "저…. 양 한 마리만 그려 줘!"

– 앙투안 드 생텍쥐페리, 『어린 왕자』에서

'어린 왕자'의 주인공 '나'는 사하라 사막에 불시착했을 때, 경이로운 경험을 하게 된다.

'해 뜰 무렵 이상한 작은 목소리가 나를 불러 깨웠을 때, 내가 얼마나 놀랐겠는가.'

이 만남은 우연일까? 필연일까? 우연일 것이다. 하필이면 사하라 사막에 불시착하는 게 자기 생각과 의

지로 가능하겠는가?

어린 왕자가 그 시간, 그 장소에 나타나는 것이 어린 왕자의 생각과 의지로 가능하겠는가?

두 사람의 우연한 만남, 하지만 단지 우연한 만남일까? 우리가 만나는 모든 것은 우리의 마음에 있는 것들이다.

아예 마음에 없으면 만날 수 없다. 내가 '사하라 사막'이라는 언어와 '조그만 아이(어린 왕자)'에 대한 언어를 아예 모른다면, 두 사람의 만남은 불가능하다.

'사막'이라는 언어를 모르는 사람은 사막을 만날 수 없다. 우리의 생각은 언어다. 언어가 없으면, 보아도 보지 못한다.

따라서 두 사람의 만남은 필연이다. 두 사람에 대한 서로의 마음이 있었기에, 두 사람은 만날 수 있었다.

내가 비행사라는 직업을 택한 이유는 외로웠기 때문이다. 다른 사람과 마음이 통하지 않아 항상 혼자 지냈기 때문이다.

자신이 그린 '코끼리를 소화하고 있는 보아뱀' 그림을 다들 모자라고 말하니, 어떻게 그들과 함께 어울려 살아갈 수 있겠는가?

진심을 털어놓고 이야기할 사람도 없이 혼자 살아가던 그가 사하라 사막에 불시착했을 때, 누구를 만나겠는가?

그가 새벽에 만난 어린 왕자는 그의 내면에 있는 '아이'다. 우리 안에는 '내면 아이'가 있다.

항상 울고 있는 아이, 자라면서 크게 상처를 받아 성장을 멈춘 작은 아이. 사람은 가장 위급한 상황에서 자신의 영혼(내면 아이)을 만난다.

가장 위급한 상황을 돌파하게 하는 힘은 영혼에서 나오기 때문이다. 영혼은 우리에게 영원한 자유를 준다.

심층 심리학자 칼 융은 인생의 목적은 '자기실현'이라고 말한다. '자기(Self)'는 우리의 영혼이다.

우리의 일생은 우리의 영혼이 자신을 실현하는 것이라는 것이다. 우리가 지나간 삶을 되돌아보면 이 말이 맞는다는 것을 알 수 있다.

우리의 지나간 시간은 잘 살펴보면, 목표 없이 지나간 것 같지만 어떤 뚜렷한 길을 만들어 가고 있었다.

나는 오래전에 MBTI 성격검사를 해보고서 크게 놀란 적이 있다. 나의 지나온 길이 모두 해명이 되었다.

계속 헤매며 살아온 것 같은데, 줄기차게 한 길을 찾아왔던 것이었다. 나의 성격은 '돈키호테'였다.

나는 계속 꿈을 꾸며 살아왔다. 나는 가난하게 자랐기에, 항상 나 스스로 나의 길을 찾아갔다.

그러다 보니, 나는 나를 감정에 흔들리지 않는 이성(理性)적인 인간으로 생각해 왔다.

나의 감정, 꿈은 한 번도 생각하지 않고 살아왔으니, 그렇게 생각하는 것이 당연하지 않겠는가?

하지만 내 안에서는 언제나 불덩이가 돌아다니는 느낌이었다. 그 불덩이가 밖으로 솟구쳐 올라오면, 나는 이성을 잃어버렸다.

갑자기 화를 내고 울부짖었다. 결국에는 화병에 걸리고 말았다. 오랫동안 자신으로 살아오지 않은 가혹한 대가였다.

이제 나는 나로 살아간다. 마음이 더없이 편안하다. 그리고 내 안에서 솟구쳐 올라오는 불꽃은 나의 길을 환하게 밝혀준다.

나는 나의 한길을 꿋꿋이 걸어간다. 내가 만나는 모든 우연은 내가 만든 인연들이다.

비행사인 내가 어린 왕자를 만나 온전한 인간이 되었듯이, 나도 나의 영혼을 만나 온전한 내가 되어갈 것이다.

치료하기 어려운 슬픔을 가진
한 얼굴과 우연히 마주칠 때

긴 목의 걸인 여자 ―
나는 자유예요 당신이 얻고자 하는
많은 것들과 아랑곳없는 완전한 폐허예요

- 김선우, <사랑의 거처> 부분

시인은 우연히 '긴 목의 걸인 여자'를 만난다.

그녀가 그토록 찾아 헤맸던 '사랑의 거처'임을 알아차린다. 우리도 가끔 길에서 걸인은 만나게 된다.

그때마다 우리는 종종걸음을 친다. 사랑의 거처가
두렵기 때문이다.

악은 항상 선과 함께하는 괴물이다

무나 장미의 어린 싹이면 마음껏 자라도록 내버려 두어야 한다. 그러나 나쁜 식물의 싹이면 그걸 알아차리자마자 뽑아 버려야 한다.

– 앙투안 드 생텍쥐페리,『어린 왕자』에서

다리가 불편한 아내를 부축하며 길을 가던 70대 노인이 한 초등학생 아이가 아파트 10층에서 던진 벽돌을 맞고 사망에 이르게 되었다고 한다.

그 아이는 경찰 조사에서 "별생각 없이 장난으로 돌을 던졌다"라고 진술했다고 한다.

그 아이는 10세 미만이라 어떤 처벌도 받지 않는다고 한다. 그러면 그 70대 노인의 죽음은 누가 책임져야 하는가?

'불운' 탓으로 돌려야 하는가? 그렇게 되면 인간의 이성(理性)에 대한 믿음을 바탕으로 이루어진 현대 민주주의에 대한 믿음은 어떻게 되는가?

어린아이를 처벌하지 않는 건, 과거 농경사회에서는 맞을 것이다. 어린아이는 약하기에 다른 사람에게 피해를 주기가 힘들었다.

어린아이가 벽돌을 다른 사람에게 던진다고 해서 크게 다치지 않을 것이다. 그리고 과거의 마을에서는 어린아이는 다른 아이들과 어울려 놀며 도덕을 배우게 된다.

하지만 현대문명 사회에서는? 어린아이도 엄청난 힘을 갖게 된다. 아파트 고층에서 던지는 벽돌은 폭탄이 된다.

지금은 아이들이 도덕을 가정, 학교에서 훈시로 배운다. 다른 아이들과 놀면서 배울 기회가 적다.

머리로 배운 도덕은 삶에 도움이 되지 않는다. 미성년이기 때문이다. 아직 이성적인 사고를 제대로 할 수 없기 때문이다.

아이들은 도덕을 몸으로 배워야 한다. 몸으로 배우고 익히는 공부를 해야 한다. 몸에 밴 도덕만이 실천으로 이어진다.

나는 70대 노인의 허망한 죽음을 생각하다 고등학교에 다니던 어느 날의 무서운 기억이 떠올랐다.

고2 때였다. 주물 공장으로 실습을 나갔다. 우리는 선생님들 몰래 아령을 만들어 모래 속에 숨겨 놓았다.

우리는 쉬는 시간에 아령을 담장 밖으로 집어 던졌다. 그리고는 실습이 끝나 주물 공장을 나와서 각자의 아령을 가져갔다.

그런데, 무심코 담장 밖으로 던진 아령들, 벌판에 떨어졌기에 망정이지 지나가던 사람의 머리에 맞았으면 어떻게 되었나?

우리는 그때 미성년자였기에 누가 다쳤다 하더라도 크게 처벌을 받지는 않았을 것이다.

왜 그런 어처구니없는 행동을 했을까? 몸으로 익힌 도덕이 아니었기 때문에 그랬을 것이다.

우리의 마음 안에는 선의 씨앗과 악의 씨앗이 함께 자라고 있다. 그래서 우리는 항상 마음을 살펴보아야 한다.

선의 싹을 기르고 악의 싹을 뽑아 버려야 한다. 실제로 행하지 않고 머리로만 배운 도덕의식은 실제의 삶에서는 아무런 도움이 되지 않는다.

니체는 말했다. "악은 항상 선과 함께하는 괴물이다." 우리의 원래의 마음은 무선무악(無善無惡), 선도 없고 악도 없다.

하지만 우리는 사회적 동물이다. 선과 악이 생겨난다. 우리는 선과 더불어 악과도 함께 살아야 한다.

70대 노인을 죽인 그 아이는 지금 어떤 심정일까? 우리는 그 노인과 아이를 생각하며 우리의 도덕 교육을 다시 생각해야 한다.

다시는 이런 비극이 없게 하기 위해서는, 아이들이 몸으로 도덕을 익히게 하는 방법밖에 없다.

그러면 어떻게 해야 할까? 지금의 지식 위주의 입시교육이 바뀌어야 한다. 복지사회가 되어야 '삶을 가꾸는 교육'이 가능할 것이다.

복지사회가 되면, 지식 위주가 아닌 타고난 선한 본성을 깨우고 각자의 타고난 재능을 계발하는 교육이 될 수 있을 것이다.

우리 모두 복지사회에 대한 사회적 합의를 이루었으면 좋겠다. 지금 우리 사회는 선진국으로 나아가느냐 후진국으로 추락하느냐의 갈림길에 섰다.

복지사회의 부작용에 대한 짧은 생각에 매몰되지 말고, 우리 모두 후손이 살아갈 긴 역사를 생각했으면 좋겠다.

> 나보다 부자인 친구에게 동정받아서
> 혹은 나보다 강한 친구에게 놀림당해서
> 울컥 화가 나 주먹을 휘둘렀을 때,
> 화나지 않는 또 하나의 마음이
>
> – 이시카와 다쿠보쿠, <주먹> 부분

화가 난 주먹, 그 주먹을 내미는 마음의 한구석에는 '화나지 않는 또 하나의 마음'이 있다.

이 마음의 싹에 물을 주고 거름을 주고 햇볕을 쬐어 주어야 한다.

그러면 화가 났을 때, 자신과 상대방의 마음을 함께 바라볼 수 있게 된다. 서서히 두 사람의 마음이 하나로 이어지게 된다.

집을 떠나라

그 꽃은 이렇게 좀 심술궂은 허영심으로 그를 금방
괴롭혔다. (…) 그 꽃은 어찌 됐든 어린 왕자를 후회
하도록 만들려고 억지 기침을 했다. 이렇게 해서 어린
왕자는 (…) 심각하게 생각했고 그래서 아주 불행하
게 되었다.

- 앙투안 드 생텍쥐페리, 『어린 왕자』에서

나는 중학교를 마치고 고향을 떠났다. 이모님 댁에
서 눈칫밥을 먹고, 혼자 자취를 하며 힘든 고등학교
시절을 보냈다.

그 후는 계속 혼자서 세상을 헤쳐나갔다. 결혼하고
고향 집에 갔을 때, 며칠을 잠만 잔 적이 있다.

부모님이 계신 고향 집은 얼마나 편안한 곳인가? 이제 고향 집은 내게 하나의 유토피아로 남아 있다.

만일 계속 부모님과 함께 살았다면, 나는 어떻게 되었을까? 아마 누군가에게 의존해야 하는 나약한 인간이 되어있을 것이다.

일찍이 집을 떠났기에 나는 '무소의 뿔처럼 혼자서 가는 삶'에 익숙하다. 나는 지금도 계속 '어디론가 떠나는 삶'을 살아가고 있다.

나는 현대철학자들이 말하는 '노마드(도시 유목민)'의 삶이 편안하다. 전래 동화들을 보면 다들 어릴 적에 집을 떠난다.

심청은 용왕의 제물이 되어 공양미 삼백 석에 팔려간다. 그녀는 '아버지의 눈을 뜨게 하려는 효녀'라는 좋은 핑곗거리로 당당하게 집을 떠나는 것이다.

그녀는 푸른 바닷물이 넘실대는 인당수에 몸을 던진다. 용왕의 도움으로 살아남아 그녀는 후에 황후가 된다.

그녀가 집에 계속 머물렀다면, 그녀는 맹인 아버지와 함께 쓸쓸하게 살다 일생을 마쳤을 것이다.

'해와 달이 된 오누이'에서도 어린 남매는 어머니를 잡아먹은 호랑이에게서 도망쳐 집을 떠난다.

계속 뒤쫓아 오는 호랑이를 피해 하늘에 오른 남매는 해와 달이 되었다. 남매는 집을 떠났기에 해와 달이 된 것이다.

프랑스의 소설가 생텍쥐페리의 동화 '어린 왕자'에서도 어린 왕자는 자신이 살고 있던 별을 떠난다.

잘 살고 있던 별에 어느 날 불쑥 나타나는 꽃, '그 꽃은 이렇게 좀 심술궂은 허영심으로 그를 금방 괴롭혔다. (⋯) 어린 왕자는 심각하게 생각했고 그래서 아

주 불행하게 되었다.'

어린 왕자는 철새들의 이동을 이용해 정든 별을 떠난다. 어린 왕자를 괴롭힌 심술궂은 꽃은 좋은 꽃인가? 나쁜 꽃인가?

모든 아이에게는 부모에 대한 깊은 상처가 있을 것이다. 심술궂은 꽃은 부모에 대한 은유일 것이다.

동물로 태어나 인간으로 길러지는 아이에게 부모는 얼마나 무시무시한 존재였을까?

그 상처를 딛고 한 인간으로 성장해가야 하는 게 인간의 가혹한 운명일 것이다. 그 가혹한 운명을 온몸으로 받아들이며 자신을 극복해 가는 어린 왕자.

그는 어른들의 거짓 세계에 물들지 않고, 다른 사람을 사랑하는 법을 배운다. 어린 왕자는 사하라 사막에 불시착한 비행사, 생텍쥐페리의 '내면 아이'다.

생텍쥐페리는 사하라 사막에서 불쑥 나타난 내면 아이를 만난 것이다. 내면 아이는 우리 안에서 울고 있는 아이, 우리의 미숙한 영혼이다.

그는 절체절명의 순간에, 자신 안의 내면 아이를 만나고 내면 아이를 성숙하게 한 것이다.

그는 온전한 인간이 되어 집으로 돌아간다. 그는 하늘에서 지상으로 내려가 인간세계에서 살다 갔다.

복사 씨가 사랑으로 만들어진 것이 아닌가 하고
의심할 거다!
복사 씨와 살구 씨가
한 번은 이렇게
사랑에 미쳐 날뛸 날이 올 거다!

– 김수영, <사랑의 변주곡(變奏曲)> 부분

복사 씨와 살구 씨가 사랑으로 만들어진 것을 알 때, 우리는 온전한 인간이 될 것이다.

그때 우리는 온 세상이 사랑에 미쳐 날뛰는 기적을 만나게 될 것이다.

너 자신을 알라

그 어설픈 거짓말 뒤에 따뜻한 마음이 숨어 있는 걸 눈치챘어야 했는데. 꽃들은 모순덩어리야! 하지만 난 꽃을 사랑하기엔 너무 어렸어.

– 앙투안 드 생텍쥐페리, 『어린 왕자』에서

독일의 아동문학가 베르너 홀츠바르트의 그림책 '누가 내 머리에 똥 쌌어?'는 '통쾌한 복수 이야기'다.

'작은 두더지가 하루는 해가 떴나 안 떴나 보려고 땅 위로 고개를 쑥 내밀었어요. 그러자 아주 이상한 일이 일어났답니다.'

'슈우웅, 철퍼덕!' 그의 머리에 똥이 떨어진 것이다. '누가 내 머리에 똥 쌌어?' 두더지는 머리에 똥을 이고 범인을 찾아 나서게 된다.

만나는 동물들에게 물어본다. "네가 내 머리에 똥 쌌지?" 비둘기, 말, 토끼, 염소, 소, 돼지, 그들은 두더지 앞에서 똥을 싸며 말했다. "내 똥 아니지?"

지친 두더지는 뭔가를 핥아먹고 있는 통통하게 살찐 파리 두 마리를 만나게 된다. "얘들아, 누가 내 머리에 똥을 쌌을까?"

파리 두 마리는 윙윙거리며 냄새를 맡았어요. "아, 이건 바로 개가 한 짓이야!" 드디어 작은 두더지는 누가 자기 머리에 똥을 쌌는지 알게 되었다.

뚱뚱이 한스! 바로 정육점 집 개였다. 두더지는 뚱뚱이 한스의 집으로 재빨리 올라갔다.

작고 까만 곶감 씨 같은 두더지의 똥이 뚱뚱이 한스의 널따란 이마 위로 슝 하고 떨어졌다.

작은 두더지는 그제야 기분 좋게 웃으며, 자신의 보금자리 땅속으로 사라졌다. '복수는 나의 것!'

'눈에는 눈, 이에는 이' 인류의 오랜 복수 방식이었다. 원시인들은 자신들이 당한 만큼만 갚아 주었다.

그러다 철기가 등장하면서 '복수의 시대'가 끝나게 되었다. 철기의 등장으로 부족 간에 참혹한 침략 전쟁이 일어나게 되었다.

전 인류가 전쟁의 소용돌이에 휩싸였다. 이때 지구 곳곳에서 성인(聖人)들이 등장했다.

그들은 한결같이 '사랑'을 가르쳤다.

공자는 "내가 하고자 하지 않는 바를 남에게 시키지 말라"고 했고, 예수는 "사람들이 너희에게 해 주기

를 바라는 것을 너희도 그들에게 그대로 해 주라"고
했다.

부족사회를 넘어 대제국이 형성되던 시기, 여러 부
족이 함께 살아가야 하는 세상, 사랑이 삶의 필수 조
건이 된 것이다.

하지만 지구가 하나의 마을이 된 현대에도 인류는
사랑을 충분히 배우지 못했다. 이 세상에는 피비린내
나는 복수가 난무한다.

어린 왕자는 회한에 젖는다. "하지만 난 꽃을 사랑
하기엔 너무 어렸어." 우리는 모두 '너무 어리다.'

긴 인류사로 보면 '사랑의 시대'는 아주 짧다. 2500
여 년밖에 되지 않는다. '복수의 시대'는 수만 년, 수
십만 년이다.

인류는 지금 풍전등화(風前燈火)다. 사랑을 빨리 배
우지 않으면, 전멸에 이를 수 있는 위험에 처하게 되

었다.

인류의 선지자(先知者)들은 말한다. "삼라만상은 하나의 몸이다." 인간에게는 두 개의 내가 있다.

각자의 몸을 가진 존재, 각자 하나인 듯하다. 하지만 우리 몸의 실체는 에너지이다. 우리의 몸은 천지자연과 하나다.

잠시 숨을 멈추고
긴장을 풀고
일격필살을 노리는
복수의 버튼만 살짝 누르면
세상은 전혀 딴판으로 바뀌고
놈은 쥐도 새도 모르게
눈앞에서 사라지겠지

– 임영조, <리모콘> 부분

우리는 항상 복수를 꿈꾸고 있다. 사랑을 배우기 위한 과정이다.

복수심이 다 사라지는 날, 그 자리에서 사랑의 맑은 샘물이 솟아 올라오기 시작할 것이다.

철철 흘러나와 온 세상을 다 적실 것이다.

2장
살아 있음의 환희

나는 꽃을 하나 가졌는데
날마다 물을 줘요.
화산 세 개를 가졌는데
주일마다 청소를 해요.

청렴에 대하여

왕은 계속했다. "권위는 무엇보다도 이성에 근거를 두는 법이니라. 네가 만일 네 백성에게 물에 빠져 죽으라고 명령한다면 그들은 혁명을 일으키리라."

– 앙투안 드 생텍쥐페리, 『어린 왕자』에서

강의 다녀오는 길에, 가끔 외식 프랜차이즈 음식점에 들러 도시락을 샀다. 그런데 그저께는 그 평범한 즐거움이 무너져 버렸다.

평소처럼 들어갔는데, 점원이 "오늘은 주문이 많아 안 되겠습니다." 하고 담담하게 말했다.

점원은 높이 쌓여 있는 도시락들을 보여주었다. '헉!' 이런 날도 있구나. 할 수 없이 되돌아 나왔다.

나는 그 점원의 무표정한 얼굴을 떠올렸다. 그녀가 고객에게 그렇게 로봇처럼 대해야 했을까?

어떻게 해서든지 고객의 주문을 받아주려 노력해야 하지 않나? 내가 주문이 많이 들어 온 메뉴로 바꾸면, 가능하지 않았을까?

사람을 로봇처럼 대하는 사람들을 만나면, 숨이 막혀온다. 특히 어떤 단체, 조직에 속한 사람들이 그렇다.

친절하게 말하는 듯하지만, 기계음이다. 귀 기울여 듣지 않으면 무슨 말인지 알아들을 수가 없다.

혼자 연극 대사를 외는 것 같다. 평소처럼 말하면 쉽게 알아들을 텐데, 왜 저렇게 말하는 걸까?

한때 '나는 인간이 아니므니다' 하는 개그의 대사가 인기가 있었다. 인간이 아닌 사람들을 너무나 자주 만나다 보니, 그 대사가 크게 공감이 되었던 것 같다.

다산 정약용은 그의 대표적인 저서 '목민심서'에서 가장 중요한 목민관의 정신자세로 '청렴'을 든다.

'청렴이란 목자의 본무요, 갖가지 선행의 원칙이요, 모든 덕행의 근본이니, 청렴하지 않고서 목민관이 될 수는 절대로 없다.'

청렴, 얼마나 아름다운 말인가! '하늘을 우러러 한 점 부끄러움 없이' 살아간다는 것만큼 아름다운 삶이 있을까?

하지만 청렴, 그 자체로 보면, 저 굴러다니는 돌멩이가 최고 청렴하다. 저 돌멩이는 단 한 번도 부정을 저지른 적이 없다.

남들이 자신을 아무리 짓밟더라도 자신의 본분을 지켰다. 우리가 이런 돌멩이를 본보기로 삼고 살아가야 하는가?

죄없이 사는 게 중요한 게 아니다. 잘 사는 것이다. 부족한 인간들이 모여 함께 잘 살아가는 게 중요하다.

그래서 정약용은 말했다. "그러나 꿋꿋한 행동이나 각박한 행정은 인정에 맞지 않으니 속이 트인 사람은 그렇게 하지 않는다."

인정(人情), 사람의 정이다. 청렴이 인정에 맞아야 한다는 것이다. '꿋꿋한 행동이나 각박한 행정'을 하면서 청렴한 공무원, 바람직한가?

저 돌멩이들과 무엇이 다른가? 차라리 그런 사람을 공무원으로 임명할 바에는 AI가 낫다.

앞으로 많은 직업이 AI로 대체될 것이라고 한다. 그럼, 조금 전의 외식 프랜차이즈 점원도 AI로 교체되어야 할까?

요즘 카페나 식당에 가 보면, 기계가 주문받는다. 기계는 얼마나 공정하고 청렴한가!

그런데 왜 우리는 그런 기계들 앞에서 절망하는가! 우리는 '청렴하면서도 인정이 많은 탁 트인 사람'을 원하기 때문이다.

정약용이 말하는 그런 목민들이 우리 사회를 이끌어가기를 바라기 때문이다. 인간 사회의 복잡미묘한 상황에서 기계적인 청렴이 무슨 의미가 있겠는가!

어린 왕자가 만난 왕도 다음과 같이 말한다. "권위는 무엇보다도 이성에 근거를 두는 법이니라."

우리가 인간을 믿는다는 것은, 인간의 이성(理性), 이치를 아는 인간의 타고난 마음을 믿는다는 것이다.

방대한

공해 속을 걷자

– 김종삼, <걷자> 부분

인디언들은 화가 나면, 화가 풀릴 때까지 벌판을 걷다가 화가 풀리면 되돌아왔다고 한다.

시인도 화가 났나 보다. '방대한/ 공해 속을 걷자'

하지만 시인은 어디까지 걸어야 할까?

명쾌함은 최악의 상태이다

왕이 대답했다. "그게 가장 어려운 일이로다. 다른 사람을 판단하는 것보다 제 자신을 판단하는 게 훨씬 더 어려운 일이니라. 네가 자신을 잘 판단할 수 있게 된다면, 그것은 네가 참으로 슬기로운 사람이기 때문이니라." 어린 왕자가 말했다. "저는 아무 데서나 제 자신을 판단할 수 있습니다."

– 앙투안 드 생텍쥐페리, 『어린 왕자』에서

젊은 시절에는 신념이 강한 사람이 좋았다. '정의의 투사' 그들을 볼 때마다, 나의 가슴은 불타올랐다.

역사의 강물이 회오리치던 때였다. 나도 그 강물을 타고 함께 흘러갔다. 역사를 위해 목숨까지 버릴 수 있을 것 같았다.

긴 시간이 흐른 후, 나는 차츰 '신념'에 대해 의구심을 갖게 되었다. 왜 그들은 자꾸만 자신들이 증오하는 모습이 되어가고 있는가?

철학자 니체는 말했다. "괴물과 싸울 때는 괴물이 되지 않도록 주의하라!" 우리는 누구나 불의에 대해 분노한다.

인간에게는 '양심'이 있기 때문이다. 양심은 우리 안의 '어린 왕자'다. 그는 척 보면 안다.

"임금님은 벌거숭이야!" 그의 눈에는 세상 사람 어느 누구도 정확하게 보인다. 하지만 사람은 나이가 들어가며, 눈이 흐릿해진다.

어린 왕자의 눈을 가리는 마음의 상처들 때문이다. 사람은 자라면서 많은 마음의 상처를 받게 된다.

그 상처가 남에게 투사된다. 어릴 적 아버지에게 폭력을 많이 당한 사람은 커서 '아버지 같은 사람'을 미워하게 된다.

그런 사람들은 언뜻 보면, 정의의 투사로 보이게 된다. 그런 사람들이 높은 자리에 올라가고, 권력을 잡게 되면 잔혹하게 바뀌게 된다.

괴물과 싸우며 괴물이 되어버린 것이다. 그래서 우리는 항상 자신의 마음을 성찰해야 한다.

위대한 사람 중에 '아버지가 없는 사람'이 많다고 한다. 어릴 적 아버지에게 폭력을 많이 당한 사람도 아버지가 없는 사람이다.

그는 모든 아버지를 부정한다. 뭔가 힘이 있는 듯한 사람은 무조건 미워한다. 그들은 반사회적인 범인이 되기도 한다.

하지만 자신의 마음을 성찰하여 '아버지에 대한 미움의 근원'을 깨닫게 되면, 그들의 가슴은 엄청나게 커진다.

많은 사람을 품게 된다. 그들은 '큰 사람'이 된다. 그래서 소크라테스는 "성찰하지 않는 삶은 살 가치가 없다"라고 했다.

자신의 마음을 성찰하지 않으면, 자신이 살아오면서 받은 마음의 상처들을 다른 사람들에게 투사하게 된다.

이 세상이 생지옥으로 보이게 된다. 하지만 그건 자신의 마음일 뿐이다. 미움이 많은 사람은 자신의 마음을 미워하는 것이다.

따라서 '다른 사람을 판단하는 것보다 자신을 판단하는 게 훨씬 어렵고, 자신을 잘 판단하는 사람이 참으로 슬기로운 사람'인 것이다.

'명쾌함은 최악의 상태이다.' 헤르만 헤세의 말이다. 나이가 한참 들어서야 그 말을 서서히 이해하게 되었다.

> 은행의 통장 정리기 앞에 서서
> 타르르르...., 명쾌히 찍혀나온 임금을 확인할 때
> 명쾌하지 못한 내가 아니라
> 누구나 그렇다는 이 청춘이 싫어졌다
>
> – 김소연, <누구나 그렇다는> 부분

'누구나 그렇다는 이 청춘' 얼마나 무서운가! 그렇게 우리의 청춘은 허공으로 날아가 흩어져 버렸다.

지금도 여전히 '누구나 그렇다는'이 우리를 꼭꼭 감싸고 있다. '바깥은 언제나 위험해!'

아름다움이 인류를 구원하리라

"뭐가 부끄러운데요?" 어린 왕자는 그를 돕고 싶었다. "술을 마시는 게 부끄러워!" 주정뱅이는 말을 마치고는 입을 꾹 다문 채 깊은 침묵에 빠졌다. 어린 왕자는 어리둥절한 마음을 안고 그 별을 떠났다. "어른들은 정말 너무, 너무 이상해." 그가 길을 나서며 중얼거렸다.

　– 앙투안 드 생텍쥐페리, 『어린 왕자』에서

　이준익 감독의 영화 '황산벌'에서 계백 장군과 그의 아내는 '국가와 개인'에 대한 관점의 차이로 치열하게 맞서게 된다.

백제의 충신 계백 장군은 마지막 전투를 나가기 전, 가족을 몰살시키려 한다. 적의 손에 능욕을 당하느니 자신의 손에 죽는 게 낫다고 생각했을 것이다.

"그거 마시고 죽을 것인가, 내 칼에 죽을 것인가?"

하지만, 그의 아내의 생각은 전혀 다르다.

"제가 시집을 와서 남은 것은 이날 평생 악밖에 없습니다. 전쟁을 하던지, 말던지, 나라가 망하던지 그건 당신의 일이지요. 아무리 당신이 가장이라고 하여도 도대체 왜 제 아이들을 죽이고 살리고 하시겠다는 겁니까?"

그의 아내는 오로지 나라에 대한 충성과 자신의 명예만 중시하는 남편의 태도가 어처구니없게 느껴졌을 것이다.

그의 아내는 본능적으로 알았을 것이다. '가장 중요한 건, 내 새끼들, 내 가족의 생명이야! 사람의 생명이야!'

그의 아내는 현대의 정치철학을 가졌다. '내 가족을 죽게 하는 나라가 무슨 나라야?'

그렇다고 계백 장군의 '나라에 대한 충성과 자신에 대한 명예'는 잘못된 걸까? '나라냐? 개인이냐?' 이에 관한 판단의 기준이 '미의식(美意識)'이다.

인간은 미의식을 타고난다. 어떤 대상을 보면, '미(美)와 추(醜)'로 나눠서 보게 된다. 이 본능적인 미의식이 인간을 아름답게 살아가게 한다.

맹자가 말한 측은지심(惻隱之心), 우물에 빠지려 하는 아이를 보고는 자신도 모르게 아이에게 달려가는 마음이다.

이런 사람을 보면 우리는 아름다움을 느끼게 된다. 반대로 아이를 마구 때리는 사람에게서는 추함을 느끼게 된다.

이런 미의식이 있는 사람들이 살아가는 세상은 아름답다. 하지만, 우리는 살아가면서 미와 추를 새롭게 배우게 된다.

일본 제국주의의 가미카제 특공대원들은 나라를 위해 목숨을 바치는 것이 아름답다고 배웠을 것이다.

그렇게 교육받은 사람들은 그들에게서 숭고미(崇高美)를 느꼈을 것이다. 이러한 후천적인 미의식은 우리가 항상 성찰해야 한다.

그렇지 않으면 우리는 '어린 왕자'에 나오는 술주정뱅이가 되고 만다. 그는 항상 부끄러움을 느낀다.

그의 선천적인 미의식과 후천적인 미의식이 일상생활에서 항상 충돌하기 때문일 것이다.

겉으로는 가미카제 특공대원들이 당당하게 보여도, 그들의 깊은 무의식에서는 '이건 아니야!' 하는 소리가 가끔 들려왔을 것이다.

무의식과 의식이 충돌할 때, 우리는 자신의 분열을 느끼게 되고 그것은 죄의식, 부끄러운 감정으로 나타날 것이다.

술주정뱅이는 자신이 부끄러워 술을 마시고 술을 마시는 자신이 부끄러워 또 술을 마신다.

중독은 분열된 자아가 삶을 견디는 방법일 것이다. 어느 한 곳에 몰두하지 않고 서로 싸우는 자신의 마음을 어떻게 견디겠는가?

어린 왕자의 타고난 미적 감수성은 중얼거리게 된다. "어른들은 정말 너무, 너무 이상해."

신화학자 조지프 캠벨의 저서 '블리스로 가는 길'에는 충돌하는 바위를 통과해서 미지의 세계로 들어가는 신화가 나온다.

영웅이 되려면 맞부딪치는 한 쌍의 바위를 통과해야 한다. 그 틈새가 닫히기 전에 빠져나온 영웅은 '이

원론의 세계'에서 벗어나게 된다.

나라에 무조건 충성하는 가미카제 특공대원들은 사람을 선명하게 두 개로 나눠서 본다.

'애국이냐? 매국이냐?' 이러한 맹목적인 이분법에서 벗어나야 진정한 영웅이 된다. 충신이 가족을 다 죽이면서까지 지켜야 나라는 어떤 나라여야 할까?

백제가 그런 나라였을까? 그렇지 않다는 걸 계백 장군의 아내는 본능적으로 알았을 것이다.

영화 '황산벌'은 우리에게 '아름다운 나라'에 대한 화두를 던졌다. 우리는 계백 장군과 그의 아내의 치열한 대화를 통해 우리의 미의식을 점검해야 할 것이다.

그리하여 우리는 타고난 아름다운 미의식을 소중하게 간직해야 할 것이다. 아름다운 개인의 삶과 나라에 대한 아름다운 사랑을 위하여.

이게 아닌데 이게 아닌데
그러는 동안 봄이 가며
꽃이 집니다

– 김용택, <그랬다지요> 부분

시인의 눈은 맑디맑다.

'이게 아닌데 이게 아닌데' 부끄러움을 안고 살아가
는 사람들의 아름다운 마음을 본다.

그러는 동안 봄이 가며 꽃이 진다.

질문하라

한번 질문을 하면 절대로 포기하지 않는 어린 왕자는 되풀이해서 물었다.

– 앙투안 드 생텍쥐페리, 『어린 왕자』에서

그저께 사회적 기업인 모 카페에서 공부 모임을 가졌다. 다들 분위기가 좋다고 했다. 회원들의 뜻이 느껴졌다.

하지만 카페에서 알바를 하시는 분은 고충을 털어놓았다. "차라리 무례한 손님은 괜찮아요. 매뉴얼대로 하면 되니까요. 회원들이 힘들어요. 계속 질문해요."

지쳐서 기계처럼 일하고 있는데, 계속 질문을 하는 손님들은 얼마나 성가시겠는가?

영화관, 식당, 카페에서 일하는 분들을 보면, 가끔 로봇 같은 느낌이 들 때가 있다. 힘든 일을 견디기 위해 로봇으로 변신했을 것이다.

프란츠 카프카의 '변신'에서는 샐러리맨 그레고르는 어느 날 아침, 벌레로 변신한다.

살려는 방법이다. 그렇지 않으면 견딜 수 없으니까. 그는 벌레가 되어서야 비로소 평온을 찾는다.

어두운 구석에서 천장에 거꾸로 매달려 있는 것을 즐기게 된다. 그는 비로소 아이처럼 즐거운 것이다.

그는 인간으로 살아가면서 얼마나 아이처럼 장난치고 싶었을까? 그는 속으로 수없이 질문했을 것이다.

"어른은 왜 아이처럼 장난치면 안 되는 거죠?" 하지만 그 질문은 메아리처럼 되돌아왔을 것이다.

로봇으로 변신해서야 마음이 평온한 분들, 속으로는 수없이 질문했을 것이다. "우리는 왜 계속 질문만 받아야 해요? 우리도 묻고 싶다고요."

하지만 그들은 경험적으로 알았을 것이다. '질문하면 나만 손해야!' 계속 질문을 받고 응대하다 보면 지쳤을 것이다.

서비스 직종에 근무하시는 분들은 평소에 얼마나 고된 감정 노동을 해야 하는가? 그렇다고 사회적 기업의 회원들이 질문을 멈추면 안 될 것이다.

우리는 한때 '한 번 질문을 하면 절대로 포기하지 않는 어린 왕자'였다. 우리의 삶이 자꾸만 시들어가는 것은 이러한 질문하는 능력을 잃어버렸기 때문이다.

질문하지 않으면, 우리의 정신은 성숙을 멈추게 된다. 인생은 정답이 없기 때문이다.

인생은 오로지 우리가 찾아가는 해답이 있을 뿐이기 때문이다. 질문은 하나의 세계를 드러내는 것이다.

길을 가다 가끔 받는 질문, "도를 아십니까?" 그 순간 우리는 하나의 세계 속으로 들어간다.

그때 "도가 뭐죠?" 하고 질문하면, 그 세계 속에 갇히게 된다. 그 세계는 미로로 가득하다.

우리는 계속 헤매게 된다. 끝내 돌아오지 못할 수도 있다. 그 세계에 갇히지 않으려면, 우리는 질문에 대한 질문을 해야 한다.

"왜 그런 질문을 하시죠?" 그러면 우리는 그의 도의 세계를 멀찍이서 보게 된다. 나의 세계를 지킬 수 있게 된다.

인간은 살아야 할 이유를 알게 되면, 어떤 난관도 헤쳐나가게 된다고 한다. 살아야 할 이유, 질문을 계속해야 알게 된다.

우리는 질문하는 세상을 만들기 위하여 사회적 기업을 만들었다. 따라서 아무리 힘들더라도 사회적 기업의 정신, 질문을 멈추지 말아야 한다.

답이 나오지 않는 질문은 아예 하지도 말며
확실한 쓸모가 없는 건 배우지 말고
특히 시는 절대로 읽지도 쓰지도 말 것

– 최영미, <행복론> 부분

시인은 이 시대의 '행복론'을 슬프게 노래하고 있다.

사람들을 만나고 집으로 돌아오면 지친다. 다들 행복해 죽겠다는 표정들... 깔깔거리는 웃음소리가 귀를 먹먹하게 한다.

오, 제발 불행할 권리를 주소서!

많이 가질수록 가난해진다

"그럼 별을 소유하면 아저씨에게 무슨 소용이 있는 데요?" "부자가 되지." "그럼 부자가 되는 건 무슨 소용이 있는데요?" "다른 별들을 사는 데 소용이 있지."

– 앙투안 드 생텍쥐페리, 『어린 왕자』에서

어린 왕자는 네 번째 별에서 사업가를 만났다. 어린 왕자는 그가 별을 소유하려는 게 이상했다.

그래서 그에게 물었다. "그럼 별을 소유하면 아저씨에게 무슨 소용이 있는데요?" 그러자 그는 대답했다. "부자가 되지."

어린 왕자가 다시 물었다. "그럼 부자가 되는 건 무슨 소용이 있는데요?" 그가 대답했다. "다른 별들을 사는 데 소용이 있지."

사업가는 현대자본주의가 만든 인간상이다. 자본주의는 계속 자본을 증식해야 유지가 되는 사회체제다.

이런 사회 시스템에 길들어진 인간이 사업가다. 이 시대를 살아가는 사람들은 모두 사업가다. 계속 소유하려 한다. 왜? 그게 잘사는 거니까.

우리는 어떤 사람을 평가할 때, 그 사람의 소유를 보지 않는가? 우리는 모두 소유를 향해 줄달음을 치고 있다.

이런 우리들의 삶을 우리 내면의 아이, 어린 왕자의 눈으로 보자. 마음을 고요히 하면 어린 왕자가 깨어난다.

다들 이상하게 보이기 시작할 것이다. '왜 저렇게 소유에 목을 매고 살아가는 거야?'

이렇게 살아가는 우리는 다 불행하다. 왜 그럴까? 고대의 현자 맹자에게서 지혜를 구해보자.

맹자가 양혜왕을 만났다. 왕이 말했다. "선생께서 천리 길을 멀다 하지 않고 찾아주시니 장차 우리나라에 어떤 이익이 있겠습니까?"

맹자는 다음과 같이 대답했다.

"왕은 어째서 이익을 말씀하십니까? 오로지 인의(仁義)가 중요할 뿐입니다. 왕이 '어떻게 우리나라를 이롭게 할까'하고 궁리하면 대부는 '어떻게 내 집안을 이롭게 할까'를 궁리하고 선비와 백성들은 '어떻게 하면 내 한 몸을 이롭게 할까'를 궁리하게 됩니다. 위아래가 서로 이익만을 탐하다 보면 나라는 위태로워질 것입니다."

이게 세상의 이치다. 이익을 추구하다 보면 결국에는 이익이 오지 않는 게 천지자연의 이치인 것이다.

삼라만상은 이 천지자연의 이치에 따라 운행된다. 이 천지자연의 이치는 인간의 마음 깊은 곳에 있다.

본성(本性)이다. 따라서 우리는 우리 내면의 본성의 소리를 들으며 살아가야 한다. 본성에는 맹자가 말하는 인의가 있다.

인(仁)은 사랑의 마음이고, 의(義)는 옳은 것을 아는 마음이다. 양혜왕이 인의에 따라 정치하게 되면 어떻게 될까?

그러면 나라 전체에 이익이 오게 된다. 나라는 점차 부강해질 것이다. 강국이 되어 갈 것이다.

인의를 행하게 되면 이익이 오지만, 이익을 추구하게 되면, 이익이 사라지는 게 이 세상의 냉혹한 이치다.

개인도 그렇다. 지금처럼 맹목적으로 소유를 향해 돌진하게 되면, 세월이 지날수록 가진 것들이 서서히 사라지게 된다.

소유가 삶의 목적이 된 이 세상을 보자. 다들 많이 갖고 있는가? 항상 목이 마르고, 외롭지 않은가?

소유를 향해 줄기차게 달려온 현대인들은 도대체 무엇을 갖고 있는가? 인간에게 가장 중요한 행복이 얼마나 있는가?

그녀는 엉덩이에서
유목의 집 한 채를 뽑아낸다
허공에 상처 내지 않고
풀과 나무의 울음소리도
고요하게 통과시키는 우주

그녀는 이 제국의 알부자다
영토와 집과 풍경들을 다시 삼키고
기어간다
거대한 우주를 끌며

– 서안나, <거미> 부분

인간도 아주 오래전 원시 시절에는 온몸으로 '거대한 우주를 끌며' 살았다.

그러다 문명이 시작되면서 인간은 점차 가난해지기 시작했다. 아무리 가져도 점점 더 가난해지는 이상한 질병에 걸리게 되었다.

삶의 의미

"꽃은 적지 않는단다." 지리학자가 말했다. "왜요? 제일 예쁜데!" 어린 왕자가 말했다. "꽃은 덧없는 것이기 때문이란다." 지리학자가 대답했다.

– 앙투안 드 생텍쥐페리,『어린 왕자』에서

최근에 '젊은이들을 위한 인문학'을 강의했다. 2, 30대의 젊은이들은 40대 이상의 기성세대와는 전혀 다르다는 느낌을 받았다.

그들은 개성 있는 삶을 원했다. 그들의 개성이 별처럼 빛날 때, 나도 함께 신명이 났다.

모든 생명체는 '생(生)의 의지'가 있다. 모든 생명체는 생의 의지가 충만하다. 인간만이 예외다.

인간은 언제봐도 권태가 느껴진다. 아이의 마음을 잃어버렸기 때문이다. 아이는 언제 봐도 생기가 뿜어져 나온다.

그러다 어른이 되어가며, 과거의 기억이 그들의 생기를 빼앗아간다. 꽃을 보며 허망함을 느낀다.

'꽃은 덧없는 것!' 어른들은 영구히 보존되는 것을 원한다. 부패하지 않는 것, 현대 사회에는 부패하지 않는 것들이 너무나 많다.

어린 왕자는 꽃을 보면, "제일 예쁜데!" 하고 감탄한다. 어른들은 '화무십일홍(花無十日紅)'이라고 생각한다.

인류의 문명사(文明史)는 삶의 의미를 찾는 긴 여로였다. 덧없는 이 세상에서 영원히 사라지지 않는 것을 줄기차게 찾아왔다.

플라톤의 이데아, 중세의 신(神), 인도의 윤회(輪回)... 하지만 인류는 이제 눈부신 과학의 발전으로 영원히 변치 않는 것은 없다는 것을 알게 되었다.

현대 문명인들은 깊은 허무감에 빠지게 되었다. 삶의 의미가 사라진 시대, 인간 세상의 하늘 위에는 잿빛 구름이 짙게 드리워져 있다.

현대 문명인의 모든 고뇌의 원인은 어른의 눈으로 이 세상을 바라보는 데에 있다. '꽃도 열흘 붉은 꽃은 없어.'

하지만 아이의 눈으로 꽃을 보면, 전혀 다르게 보인다. "제일 예쁜데!" 이렇게 감탄하는 아이에게 삶의 의미는 필요 없다.

아이는 '살아 있음의 환희' 그 자체이니까. 수만 년 동안의 원시시대는 살아 있음의 시대였다.

그렇게 신명 나게 살아가다 문명이 시작되면서 인류는 삶의 의미를 묻기 시작했다. 삶이 고되었기 때문이다.

원시 시절에는 산과 들, 강에 널려 있는 온갖 동식물들이 먹거리였는데, 농경을 시작하면서 오히려 먹고살기가 힘들게 되었다.

수확이 엄청나게 늘어난 농업혁명. 하지만 먹고 남는 생산량이 생기면서, 일하지 않고 먹고 사는 귀족이 생겨났다.

일하는 사람들은 많은 일을 해야 했다. 고된 삶, 삶의 의미를 찾아야 했다. 톡톡 튀는 삶의 재미가 없어진 자리에 묵직한 삶의 의미가 자리를 잡게 되었다.

이제 인간은 엄숙해졌다. 표정은 무섭게 변해 갔다. 최고의 경지에 도달한 인간들만이 아이의 표정을 유지했다.

이제 다시 아이가 되어 살아도 되는 시대가 왔다. AI 시대, 인공지능이 일하게 되었다.

2, 30대의 젊은이들은 일을 거부한다. 그들은 직감적으로 아는 것이다. '일하지 않고도 신나게 살 수 있다!'

아예 일하지 않고 자신의 방에서 왕국을 세우는 젊은이들, 수시로 직장을 바꾸는 젊은이들, 예술가가 되어 신명 나게 사는 젊은이들…….

우리 기성세대들은 그들에게서 인류의 미래를 보아야 한다. 삶의 의미를 아예 묻지 않고 신명 나게 살아가는 우리 후손들의 눈부시게 아름다운 삶을.

모든 것들이 부패하기 시작했다
익숙한 공기마저 사라진 몸 안으로
생각들은 자꾸만 부풀어 올랐다
이제껏 나를 지탱해 온 것이 겨우
한 가닥 선이었을까

– 배영옥, <OFF> 부분

현대 문명사회는 가느다란 한 가닥 선으로 연명하고 있다.

어느 날 그 선이 'OFF' 하게 되면, 휘황찬란한 이 세상이 한순간에 멈추고 서서히 부패하기 시작할 것이다.

신이 죽은 자리에 피어난 악의 꽃은 이렇게 지고 말 것이다.

외로움과 고독 사이

"사람들은 어디 있니?" 마침내 어린 왕자가 다시 입을 열었다. "사막은 좀 외롭구나……."

– 앙투안 드 생텍쥐페리,『어린 왕자』에서

그저께 공부 모임에서는 한 회원이 갑자기 울음을 터뜨렸다. 술을 마시며 공부를 하다 보니, 감정이 격해진 것이다.

취중진정발(醉中眞情發), 술에 취하면 사람의 속마음이 드러난다. 그녀는 평소에는 착실해 보였다.

하지만 그녀와 얘기를 나누다 보면, 그녀의 마음 깊은 곳에 '한(恨)'이 많다는 생각이 들었다.

그녀는 어린 시절 언젠가 큰 상처를 받았고, 그 상처 받은 내면의 아이가 그녀의 깊은 마음속에 자리를 잡고 있었을 것이다.

울고 있는 내면 아이를 안고 살아가는 사람은 술에 취해 이성이 약해지면, 갑자기 철없는 어린아이가 된다.

철없는 어린아이로 돌아간 다 큰 어른은 볼썽사납다. 울며 떼쓰는 어른이 어찌 귀엽겠는가?

울음을 터뜨렸던 그녀는 다른 회원들의 눈초리가 매웠는지 강의실 밖으로 뛰쳐나갔다.

다른 회원들이 뒤따라 갔다. 한참 후 되돌아온 그녀의 얼굴은 온통 눈물로 얼룩져 있었다.

한이 많은 회원이 주로 공부하러 온다. 나는 그런 분들을 보면, 깊은 공감을 하게 된다.

나도 오랫동안 술자리에서 자주 울음을 터뜨렸다. 아이처럼 우는 내 모습이 얼마나 꼴사나웠을까?

하지만 나의 깊은 내면의 목소리는 말했다. '지금 울어야 해! 그렇지 않으면 너는 어린아이에서 헤어나오지 못해!'

그런 꼴 사나운 모습을 공부 모임 회원들은 잘 받아 주었다. 그래서 나는 건강한 어른이 되어갔다.

그런 과정을 겪었기에 나 같은 모습을 보이는 회원들에게 깊은 공감을 하고, 그분들이 앞으로 가야 할 길을 잘 안다.

그분들은 어린 왕자와 뱀의 대화에서 지혜를 얻어야 한다.

"사람들은 어디에 있어? 사막에서는 조금 외롭구나…." "사람들 속에서도 외롭기는 마찬가지야."

현대인은 다 외롭다. '개인(個人)'이 되었기 때문이다. 과거에는 누구나 강한 조직이 있었다.

혈연과 지연, 학연으로 엮어진 강고한 조직들, 그 속에서 안정된 삶을 살아갈 수 있었다.

집단 속의 나, 아이처럼 살아도 되었다. 하지만 이제 그러한 조직들은 거의 다 사라졌다.

모래알 하나가 된 개인, 다른 모래알들과 늘 버석거리게 된다. 온몸은 상처투성이가 된다.

이 외로움을 견디지 못해 사람들은 다시 조직을 찾는다. 동창회, 온갖 동호회, 종교 단체…….

하지만 우리는 먼저 '어른'이 되어야 한다. 어른은 자신의 삶을 책임지고 개성(個性) 있게 살아가는 인간이다.

개성 있는 어른은 내면의 울고 있는 어린아이를 품는 인간이다. 자신의 외로움을 안고 고독하게 된 개인이다.

고독은 온몸으로 외로움을 안을 때 오는 정신적 성숙이다. 인간의 깊은 무의식에는 심층 심리학자 카를 융이 말하는 집단 무의식, '인류의 마음'이 있다.

우리가 자신들의 외로움을 다 품을 수 있을 때, 우리는 깊은 인류의 마음에 가닿게 된다.

그때 비로소 우리는 진정한 어른이 된다. 자신만 아는 '작은 나'에서 인류와 하나가 되는 '큰 나'가 된다.

큰 나가 된 개인들이 서로 여러 형태의 네트워크를 형성하게 될 때, 우리 사회 전체가 건강해진다.

외로움에 성실하지 못했던,
미안해 그게 실은 내 본심인가 봐

– 김경미, <술을 많이 마신 다음 날은> 부분

‘술을 많이 마신 다음 날은’ 우리가 경건하게 자신을 되돌아보는 엄숙한 시간이 된다.

부끄러운 자신의 가슴을 치며, 우리는 진정한 인간이 되어간다.

인간은 외로움에 성실하게 되어야 온전한 인간으로 거듭나게 된다.

'변태(變態)'를 위하여

"사람들이 사는 곳도 역시 외롭지." 뱀이 말했다.

– 앙투안 드 생텍쥐페리, 『어린 왕자』에서

가끔 '관음증(觀淫症)'에 관한 얘기를 듣는다. 촘촘하게 서 있는 아파트들, 서로의 내실이 훤히 보인다.

다른 사람들의 지극히 사적인 풍경이 눈에 들어왔을 때, 우리는 호기심을 갖고 보게 될 것이다.

호기심은 모든 생명체의 생존 본능일 것이다. 하지만 그런 풍경 앞에서 성욕을 느껴 한참 보게 된다면, 그건 병증일 것이다.

인간은 어떤 장면을 보는 것만으로도 음란해질 수 있다. 인간만이 가진 상상력 때문이다.

그래서 이 상상력이 음란으로 흐르게 되면, 우리는 변태, 이상한 인간으로 변할 수 있다.

변태는 다른 몸으로 바뀌는 것이다. 애벌레가 나방이 되는 것, 얼마나 멋진 변태인가?

평범한 인간에서 비범한 인간으로 바뀌는 것도 멋진 변태다. 반면에 인간은 더 낮은 존재로 바뀔 수도 있다.

인간에게는 '나'라는 의식, 자의식이 있기에 온갖 '자기중심적인 상상'에 빠질 수 있다.

인간(人間)은 '사람(人)들 사이(間)에 있는 존재'인데, 자의식이 있어, 자신이 홀로 존재한다는 착각을 한다.

홀로 있는 존재, 외톨이가 되면 인간은 이상한 존재로 바뀔 수 있다. 개인으로 살아가는 현대 사회에서 '변태적인 인간'이 엄청나게 많은 이유다.

외톨이가 된 인간은 항상 다른 사람에 대한 간절한 그리움이 있다. '그대가 곁에 있어도 그대가 그립다.'

그 간절한 그리움이 이상한 호기심으로 바뀌고, 그 이상한 호기심에 마음이 고착되게 되면, 이상한 변태가 되는 것이다.

어린 왕자도 외로움에 빠지게 된다. "사막은 좀 외롭구나……." 외톨이는 이렇게 말해야 한다.

인간은 자신의 감정을 솔직하게 표현해야 한다. 외톨이가 자신의 감정을 표현하지 않을 때, 무서운 변신을 하게 된다.

다른 사람들에게 달려가게 된다. '외로워 같이 죽자!' 곳곳에서 묻지마 범행이 일어나게 된다.

하지만 외톨이가 외로운 마음을 표현하게 되면, 더는 외롭지 않게 된다. 말하고 듣는 사람이 있기 때문이다.

감정이 가라앉은 마음은 잔잔한 호수처럼 평화롭다. 이때 뱀(지혜)의 소리가 들려온다.

"사람들이 사는 곳도 역시 외롭지." 외로운 세상, 다른 사람들에 대한 사랑이 깊은 마음속에서 솟아올라온다.

우리는 이 사랑의 힘으로 살아가야 한다. 홀로와 함께, 현대인이 살아가야 할 삶의 방식이다.

이렇게 살아가야 우리는 아름다운 변태를 할 수 있다. 나날이 더 나은 나를 향해 나아갈 수 있게 된다.

오늘은 가슴 아픈 싯귀도 뜨지 않고
쓰러진 그의 모습도 다시 떠오르지 않는다.
어제까진 세상일이 내게 억울했지만

오늘은 그렇지도 저렇지도 않다.
계절은 여름들 꽃을 피우다 아침 몇 시간을 쉬고
여름 독종 쐐기 몇 마리도 변태 도중에 잠시 쉬었다.

– 신현득, <백지> 부분

삼라만상은 늘 변태 중이다. 매 순간 백지상태다.

모두 온 힘을 다하여 다 나은 자신을 만들어 가고
있다.

3장

서로가 서로에게 하나뿐인 존재

우리는
오직 자기가
길들인 것만을
알 수 있는 거야.

가벼움과 무거움의 사이에서

어린 왕자는 생각했다. "별 이상한 별이 다 있네! 아주 메마르고 아주 날카롭고 아주 각박한 별이야. 게다가 사람들은 상상력이 없어. 말을 해 주면 그 말을 되풀이하고……."

– 앙투안 드 생텍쥐페리, 『어린 왕자』에서

어린 왕자는 산에 올라가서 "안녕." 하고 말하자 "안녕……안녕……안녕……." 메아리가 대답했다.

어린 왕자는 생각했다. "아주 메마르고 아주 날카롭고 아주 각박한 별이야... 사람들은 상상력이 없어. 말을 해 주면 그 말을 되풀이하고……."

우리는 살아가면서 이런 사람들을 많이 본다. 독백만 하는 사람들, 같은 말만 계속 반복하는 사람들.

체코의 소설가 밀란 쿤데라는 이런 현상을 '키치'라는 단어로 설명한다. 그는 키치에 대해 다음과 같이 말한다.

"키치는 두 가지 감동의 눈물을 흘러내리게 한다. 첫 번째 눈물이 말한다. 잔디밭 위를 달리는 아이들의 모습은 얼마나 아름다운가! 두 번째 눈물이 말한다. 잔디밭 위를 달리는 아이들의 모습에 전 인류와 함께 감동한다는 것은 얼마나 아름다운가! 이 두 번째 눈물만이 키치를 키치로 만든다."

잔디밭 위를 달리는 아이들을 보면, 우리는 상투적으로 생각한다. '잔디밭 위를 달리는 아이들의 모습은 얼마나 아름다운가!'

그리고는 또 생각한다. '잔디밭 위를 달리는 아이들의 모습에 전 인류와 함께 감동한다는 것은 얼마나

아름다운가!'

　그는 "이 두 번째 눈물만이 키치를 키치로 만든다."
라고 말한다. 첫 번째의 감동은 그럴 수 있다.

　'잔디밭 위를 달리는 아이들'이 아름다워 보일 수
있다. 하지만 우리는 그 아이들이 왜 잔디밭 위를 달
리는지 모른다.

　상투적인 생각에 젖은 마음은 '착한 사람 콤플렉스'
로 인해 다음과 같이 생각하게 된다.

　'잔디밭 위를 달리는 아이들의 모습에 전 인류와 함
께 감동한다는 것은 얼마나 아름다운가!'

　이런 생각이 일상적이고 보편화 될 때, 우리의 삶은
키치(싸구려)가 된다. '참을 수 없는 존재의 가벼움'이
된다.

인류는 오랫동안 '삶의 의미'를 추구해 왔다. 신화, 종교, 사상이 '삶의 의미'를 제공해 주었다.

하지만 인간은 삶의 의미에 짓눌려 버릴 수 있다. 그래서 인간은 '삶에 무슨 의미가 있어?' 다 던져버리고 창공으로 훨훨 날아가게 된다.

인간은 이 둘 사이를 둥둥 떠다닌다. 이게 키치다. 같은 말만 반복하는, 상상력이 고갈된 삶이다.

우리는 '삶의 의미'에서 벗어나야 한다. 신화학자 조지프 캠벨은 "너의 희열을 따라가라!"라고 했다.

우리의 깊은 내면에서 솟아올라오는 희열로 살아갈 때, 우리는 하늘과 땅 사이를 통통 튀어 오르며 살아갈 수 있다.

희열로 살아가는 사람은 세상을 둘로 나누지 않는다. 무거움과 가벼움, 의미와 무의미….

세상만사를 이 둘로 나누게 될 때, 우리는 어느 것 하나를 선택하고 다른 하나를 배제해야 한다.

희열로 살아가게 되면, 이 둘은 나뉘지 않는다. 하나로 어우러진다. 우리의 삶은 '살아 있음의 환희'가 된다.

밀란 쿤데라의 '참을 수 없는 존재의 가벼움'에는 '똥' 때문에 죽는 스탈린의 아들 야코프가 나온다.

스탈린은 저 하늘 높은 곳에 있다. 똥은 하늘 아래 가장 낮은 곳에 있다. 하늘이 똥 가까이 내려갈 수 있는가?

그는 화장실 청소를 하라는 포로 수용소장의 말에 분노해 철조망 쪽으로 달려가다 감전사하고 만다.

장자가 말하는 소요유(逍遙遊)는 이런 이분법의 그물망에 걸리지 않는 대자유의 삶을 말한다.

장자는 한평생 땅 위를 걸어가는 인간과 하늘을 날아가는 나비 사이를 자유롭게 오갔다.

마음 놓고 듣네
나 똥 떨어지는 소리

– 서정춘, <낙차> 부분

시인은 산사의 해우소에서 '마음 놓고' 듣는다. '똥 떨어지는 소리'

그 소리에 이어 모든 소리가 들려올 것이다. 여래(如來)다. 삼라만상이 그저 시인에게 오고 갈 뿐이다.

그는 그 어떤 것에도 걸리지 않는 자유다.

이 세상에 하나밖에 없는
존재를 위하여

"나는 내가 세상에 하나밖에 없는 꽃을 가진 부자라고 생각했는데, 흔한 장미꽃 하나를 가졌을 뿐이야…." 어린 왕자는 풀밭에 엎드려 울었다.

– 앙투안 드 생텍쥐페리, 『어린 왕자』에서

왼쪽 다리의 무릎이 아파 걷기가 힘들었다. 할 수 없이 오래전에 몇 번 갔던 한의원에 갔다.

절뚝거리며 진료실에 들어갔다. 병원은 언제나 무섭다. 의사는 왼쪽 다리 무릎을 이리저리 만져 보더니 며칠 동안 꾸준히 치료를 받으라고 했다.

'며칠 동안 치료받으라고?' 나는 안도의 한숨을 내쉬었다. '잘 걷지도 못하는데 그렇게 빨리 나을까?'

안마기로 마사지를 하고 침을 맞고 주사를 맞고... 계산을 한 후 계단을 간신히 내려왔다.

길을 가는 사람들의 다리만 보였다. 절뚝절뚝 걸어가는 노인들이 참으로 많았다. '나이가 들면 다들 다리가 아프구나!'

'계속 이렇게 아프면 강의를 어떻게 해야 하나?' 별별 생각이 다 났다. 갑자기 '병든 노인'이 되어버렸다.

한의원에서 준 약을 먹고 파스를 붙였다. 온몸이 불편한 듯했다. 뒤척뒤척 잠을 이루지 못했다.

다음 날 아침, 절뚝거리며 걷는 남편이 불쌍해 보였는지 아내가 친구한테 얻은 거라며 일본 동전 파스를 무릎에 붙여주었다.

한의원에 가서 치료를 받았다. 하지만 전혀 차도가 보이지 않았다. '어떡하나?' 오후에 간신히 자전거를 타고 강의하러 갔다.

그런데 강의가 끝나고 계단을 내려올 때, 무릎이 아프지 않은 것 같았다. 집에 와서 앉았다 일어나 보았다.

거의 다 나은 것 같았다. '헉! 어떻게 쉽게 나았지?' 다음 날 오전에 한의원에 갔다.

며칠 동안 치료를 받으라고 했으니, 마지막으로 가자는 생각이 들었다. 누워서 치료받는 게 지루했다.

사람의 마음이 이리도 간사하다. 불과 이틀 전만 해도, 무릎이 조금이라도 좋아졌으면 했는데, 다 나으니 금방 오만해졌다.

'사람은 화장실 갈 때 하고 나올 때 다르다'라는 속담이 생각났다. 치료를 끝내고 계산하자 간호사가 물었다.

"내일은 몇 시로 예약할까요?" 난감했다. '이제 안 오려고 하는데, 뭐라고 해야 하나?'

몇만 원에 쉽게 치료한 무릎, '차라리 치료비라도 10만 원 이상 들었으면 덜 미안할 텐데.' 하고 생각했다.

나는 "내일은 시간이 없어서요…." 우물쭈물하며 "수고하세요!" 인사를 했다. 간호사도 알았다는 듯 웃음으로 화답했다.

의사(醫師), 간호사(看護師)의 사는 스승 사(師)자다. 스승에게 이렇게 말없이 나온다는 게 참 염치없다.

'그렇다고 어떻게 해야 하나?' 어린 왕자는 떠나온 별에서 보았던 장미가 이 세상에서 하나밖에 없는 꽃이라고 생각했다.

그러다 어린 왕자는 지구별에서 그 꽃과 닮은 장미가 오천 송이나 피어 있는 것을 보고는 놀란다.

"나는 내가 세상에 하나밖에 없는 꽃을 가진 부자라고 생각했는데, 흔한 장미꽃 하나를 가졌을 뿐이야…"

현대 사회에서는 모든 게 흔하다. 장미꽃도 흔하고 한의원도 흔하다. 우리는 너무나 흔한 관계 속에서 살아가고 있다.

마음껏 뭉개고 갈고 짓누르다
이빨이 먼저 지쳐
마지못해 놓아준 껌.

– 김기택, <껌> 부분

시인은 길을 가다 '마음껏 뭉개고 갈고 짓누르다' 길바닥에 퉤 뱉어버린 껌을 보았다.

껌은 끝까지 버텼다. 이빨이 먼저 지쳐 마지못해 놓아두었다.

시인은 이 세상에서 하나밖에 없는 껌을 보았다.

인드라의 구슬

"이리 와서 나하고 놀자." 어린 왕자가 제안했다.
"난 아주 슬퍼…." "난 너하고 놀 수 없어." 여우가 말
했다. "난 길들여지지 않았거든."

– 앙투안 드 생텍쥐페리,『어린 왕자』에서

필리스 루트의 그림책 '겨울 할머니'는 인드라의 구
슬을 보여준다.

'겨울 할머니는 눈처럼 하얀 거위들을 데리고 혼자
살아요.'

'봄이면 할머니는 꽥! 꽥! 꽉! 꽉 거리는 거위들을
데리고 다녀요. 눈보라처럼 하얀 깃털을 날리는 거위

'를요.'

'여름 내내 할머니는 깃털을 모아요. 하얗고 달처럼 빛나는 깃털을요.' '가을이 오면 할머니는 한 땀 한 땀 이불을 꿰매요. 깃털을 가득가득 채워 넣으면서요.'

'일 년 중에 밤이 가장 긴 날이 다가오면 할머니는 깃털 이불을 펼쳐서 흔들어요.' '그러면 한 송이 한 송이 눈이 내리기 시작해요.'

할머니가 깃털 이불을 펼쳐서 흔들 때, 한 송이 한 송이 눈이 내리기 시작하는 기적!

'할머니가 이불을 털면 아이들은 집 밖으로 뛰어나와요. 아이들은 입을 벌리고 차가운 눈송이가 혀에 떨어지기를 기다리지요.'

'어른들은 장작을 높이 쌓고, 스웨트와 벙어리 장갑과 스키를 찾아주느라 바빠요.' '산토끼들은 눈 신을 신고, 족제비들은 하얀 털옷을 입어요.'

이 경이로움을 우리는 보지 못하게 되었다. 우리 내면의 아이들만이 보고 경탄을 한다.

어린 왕자는 사막의 여우를 만나 제안한다. "이리 와서 나하고 놀자." "난 아주 슬퍼…."

"난 너하고 놀 수 없어." 여우가 대답했다. "난 길들여지지 않았거든." 인간은 오랫동안 동물로 살다가 인간으로 진화했다.

서로 길들이는 존재로. 이 사회성은 타고나지만, 자라면서 잊어버릴 수 있다. 그래서 우리는 항상 서로를 길들여야 한다.

동물은 본능적으로 천지자연의 일원으로 살아간다. 천지자연은 하나의 커다란 생명체다.

하지만, 생각하는 동물로 진화한 인간은 자신이 홀로 살아갈 수 있다는 착각을 하게 된다.

이 망상이 굳어지게 되면, 인간은 자신이 우주의 중심이라는 생각을 하게 된다. 모든 다른 존재들을 지배하려 든다.

불교의 대표적인 경전 '화엄경'에는 다음과 같은 구절이 나온다.

'인드라의 하늘에는 구슬로 된 그물이 걸려 있는데 구슬 하나하나는 다른 구슬 모두를 비추고 있어 어떤 구슬 하나라도 소리를 내면 그물에 달린 다른 구슬 모두에 그 울림이 연달아 퍼진다.'

이 세상은 인드라망(因陀羅網)이다. 인간은 한평생 깨어 있어야 한다. 자신이 인드라의 구슬이라는 것을 잊지 않도록.

예전에는 분꽃이 피는 것을 보고 쌀을 안쳤다고 한다. 오후 4시쯤 피어나는 분꽃, 쌀 안치는 소리….

MBC 드라마 '연인'에서 이장현이 유길채에게 말한다. "분꽃이 피는 소리를 들어본 적 있습니까? 내 오늘 그 진기한 소리를 들었소."

분꽃 피어나는 소리가 연인의 심장 소리와 어우러지며 그 파동은 널리 널리 퍼져갔을 것이다.

눈먼 손으로
나는 삶을 만져 보았네.
그건 가시투성이였어.

가시투성이 삶의 온몸을 만지며
나는 미소 지었지.
이토록 가시가 많으니
곧 장미꽃이 피겠구나 하고.

- 김승희, <장미와 가시> 부분

우리의 몸은 모두 가시투성이다. 서로의 몸을 오랫동안 할퀴어 온 결과다. 우리의 몸은 생각한다.

'이토록 가시가 많으니/ 곧 장미꽃이 피겠구나 하고.'

우리는 이제 서로의 꽃 피는 소리를 들으며, 잎을
틔우고, 뿌리를 내리고, 가지를 뻗어갈 것이다.

친구를 찾아서

어린 왕자가 말했다. "나는 친구들을 찾고 있어. '길들인다'는 게 무슨 뜻이야?" "그건 다들 잊고 있는 것이지." 여우가 말했다. "그건 관계를 맺는다는 뜻이야."

– 앙투안 드 생텍쥐페리, 『어린 왕자』에서

나는 자전거를 타고 시골길을 달리는 것을 좋아한다. 시골에서는 우연히 마주치는 것들이 있다.

오래전에 자전거를 타고 시골길을 달려가는데, 길이 갑자기 끊어졌다. 앞을 산이 가로막고 있었다.

자전거를 끌고 산으로 올라갔다. 산을 넘으니, 오! 들판이 펼쳐졌다. 나는 이런 경이로움이 좋다.

천천히 산길을 내려가는데, 한 할아버지가 손주뻘인 아이와 같이 얘기를 나누고 있었다.

나를 보더니 깜짝 놀랐다. "어디서 오십니까?" 나는 산을 가리키며 산을 넘어왔다고 했다.

나는 할아버지와 함께 웃으며 얘기를 나눴다. 할아버지는 주머니를 주섬주섬 뒤지더니 내게 사탕 한 알을 주셨다.

아마 손주에게 주려고 주머니에 보관하고 있었던 거 같다. '그 아까운 사탕을 내게 주시다니!'

나는 그때 동화 속 한 편 아니면, 소설 속 한 편 아니면, 먼 과거로 시간 여행을 한 기분이었다.

나는 항상 간절하게 사람을 찾는 것 같다. 어린 왕자가 말했다. "나는 친구들을 찾고 있어. '길들인다'는 게 무슨 뜻이야?"

'친구, 그래. 나는 친구를 간절히 찾고 있다.' 그러면 서도 '길들이는 것'을 두려워한다.

타고난 예민한 성격에다 가난하게 자라며, 많은 사람에게 상처를 받았기 때문일 것이다.

그래서 나는 자전거를 타고 낯선 곳으로 가는 것을 좋아하는 것 같다. 거기서는 다들 처음 만나는 사람들이니까.

어느 낯선 주막에서 처음 만나는 사람들과 얘기를 나눌 수 있으니까. 그 시간만큼은 나는 친구를 갖게 되니까.

횡단보도를 지날 때, 함께 가는 사람들이 많아서 좋다. 많은 사람과 한길을 가는 게 얼마나 즐거운 일인가!

하지만 길은 금방 끝나고, 나는 다시 혼자가 된다. '혼자', 나는 오랫동안 혼자 살아왔다.

사람을 만나 서로를 길들이고 상처를 받고…. 그러면서 나는 차츰 혼자가 되어갔다.

점을 치면 내 사주팔자에 '외로울 고(孤)'가 있다고 한다. '운명이구나!' 나는 딱딱하게 굳은 표정으로 살아왔다.

현대인은 외롭다는데, 다 나 같은 심정일까? 나도 젊은 시절 한 때, 많은 친구와 신나게 지내던 때가 있었다.

시를 공부하고 시민 단체에서 활동할 때였다. 그때는 같은 길을 가는 사람들과 쉽게 친구가 되었다.

하지만 나이가 들어가며 그들도 차츰 일상으로 깊이 들어갔다. 나는 '유토피아'를 원하는 것 같다.

사진을 보면 그 사람을 알 수 있다고 한다. 내 사진들을 보면 한결같이 나는 먼 곳을 보고 있다.

나는 어린 왕자가 지구별에 내려왔다가 사라진 곳을 좋아한다. 가는 선 두 개가 만나는 사막의 지평선.

하늘에 아득히 별 하나가 떠 있다. 나는 산길을 가다 그런 풍경을 가끔 만난다. 나는 저쪽 너머를 하염없이 바라본다.

막상 너머를 가면 똑같은 산길이 이어진다는 것을 잘 알면서도. 거기에도 산의 침묵밖에 없다는 것을 잘 알면서도.

빗방울 맞는 나무들은
아이 간지러워 아이 간지러워
몸을 비비 꼬고

– 이기철, <빗방울> 부분

한때 우리도 저렇게 즐겁던 때가 있었다. 그 아이는 지금도 우리 마음 깊은 곳에서 잠자고 있다.

가끔 그 아이가 깨어날 때가 있다. 그때 우리는 이상한 행동을 한다.

갑자기 울상이 되기도 하고, 실없이 웃기도 하고, 갑자기 할 일이 생각난 듯 바쁘게 걸어가기도 한다.

우리는 모두 친구가 되고 싶다

여우가 말했다. "자기가 길들인 것밖에는 알 수 없는 거야, (…) 친구를 파는 상인은 없어. 그래서 사람들은 친구가 없지."

– 앙투안 드 생텍쥐페리,『어린 왕자』에서

중국 명나라의 유학자 이탁오는 말했다. "스승과 제자는 친구가 되어야 한다." 스승과 제자, 어떻게 서로가 친구가 될 수 있을까?

언젠가 교회 옆을 지나가는데, '예수는 내 친구'라는 글자가 벽에 쓰여 있었다. 예수와 친구가 된다면 삶이 얼마나 눈부시겠는가!

자신과 친구가 되고 싶다는 어린 왕자에게 사막의 여우는 친구가 되는 방법을 가르쳐 준다.

그는 먼저 친구는 사고팔 수 없는 '상품'이 아니라는 것을 가르쳐준다. 우리가 현재 살아가고 있는 사회, 자본주의는 모든 것을 상품으로 만든다.

우리는 이제 기본적인 일용품만이 아니라 물, 공기, 햇살까지 돈을 줘야 살 수 있게 되었다.

이렇게 살아가다 보니, 우리는 친구도 돈으로 살 수 있다고 생각하기 쉽다. 그래서 우리는 친구가 되고 싶은 사람에게 밥과 술을 사 준다.

그러면, 친구가 된 듯하다. 하지만 우리는 무의식중에 알고 있다. 그건 진정한 친구가 아니라는 것을.

그래서 우리는 그런 친구를 '술친구'라고 말한다. 참으로 편한 관계다. 안 만나도 그다지 섭섭하지 않으니까.

'섹스 파트너'라는 친구 관계도 있다. 우리는 이제 부위별로 인간관계를 맺고 싶어 한다.

우리는 완전한 '자본주의형 인간'이 되기 위해 불철주야 용맹정진하고 있다. 그래서 우리는 외롭다.

여우는 친구가 되기 위해서는 상대방을 길들이라고 말한다. 어린 왕자가 길들이는 게 뭐냐고 묻자 여우는 관계를 맺는 것이라고 말한다.

관계, 삼라만상의 비의다. 모든 존재는 관계 속에서 존재한다. 물이 수소와 산소의 완전한 관계 맺음이듯이, 삼라만상은 어떤 존재들의 완전한 만남이다.

친구는 인간과 인간의 최고의 만남이다. 인간이 다른 인간과 완전한 관계를 맺을 수 있는 것은 우리 안의 타고난 마음, 본성(本性)이 같기 때문이다.

공자는 '본성은 하늘의 명령(천명지위성, 天命之謂性)'이라고 했다. 하늘은 천지자연의 이치다.

우리의 깊은 마음에는 천지자연의 이치와 하나인 마음이 있는 것이다. 이 마음을 깨우면 우리는 하나가 된다.

친구가 된다. 이 본성을 깨우지 않으면 친구가 될 수 없다. 초등학교 선생님 중에 아이들과 친구가 되려는 선생님들이 많다.

그분들의 얼굴은 아이들 얼굴처럼 해맑다. 그러면 왜 많은 아이가 선생님과 친구가 되려고 하지 않는 걸까?

우리의 교육이 지식 위주의 교육이기 때문이다. 지식 위주의 교육에서는 엄격한 위계가 있게 된다.

지식 위주의 교육에 최적화되어 있는 지식을 많이 알고 있는 학원 강사들이 인기가 높을 수밖에 없다.

그래서 초등학교에서 아이들이 선생님들을 폭행하는 참담한 일이 벌어지게 되는 것이다.

하지만 우리는 알아야 한다. 앞으로의 사회는 지식이 아니라, '창의력, 공감력' 같은 인간의 마음이 중요해진다는 것을.

인간의 마음을 깨우는 공부가 학교 공부의 중심이 되면, 선생님들과 아이들은 좋은 친구가 될 수 있을 것이다.

우리의 조상님들은 오랫동안 마음을 깨우는 공부를 해 왔다. 우리는 이러한 공부법을 되살려야 한다.

우리가 지식 위주의 공부법을 극복하고 우리의 전통적인 공부법을 회복할 때, 우리의 미래인 인공지능 시대는 해맑게 다가올 것이다.

누구에게도
아직 부치지 못한
편지 한 통쯤은 있어
빨간 우체통 거기 서 있다

– 윤재철, <빨간 우체통> 부분

우리는 모두 서로 친구가 되고 싶다.

하지만 머리에 가득한 지식이 친구가 되는 것을 방해한다. '나는 너희와 다른 사람이야!'

우리의 몸에서는 언제나 텅텅 빈 소리가 난다. 내면의 마음이 텅텅 비어 있기 때문이다.

'아름다운 작은 사회'를 위하여

여우가 말했다. "네가 친구를 갖고 싶다면, 나를 길
들여 줘!" 어린 왕자가 물었다. "어떻게 해야 하는
데?" 여우가 대답했다. "아주 참을성이 있어야 해.
(…) 나는 곁눈질로 너를 볼 텐데. 너는 말을 하지마.
말은 오해의 근원이야. 그러나 하루하루 조금씩 가까
이 앉아도 돼……."

　– 앙투안 드 생텍쥐페리, 『어린 왕자』에서

우리는 언어로 소통을 한다. 언어를 가졌기에 커다란
사회를 이루고 살아가게 되어 지구의 패자가 되었다.

그런데, 언어를 쓰게 되면서 인간은 '허상' 속에 빠
지게 되었다. 우리가 쓰는 말을 잘 보자.

'가을이 간다' 이런 말을 쓰다 보면, 가을이라는 게 있어서 가을이 오고 가는 것 같다.

하지만 가을이 어디에 있는가? 가을은 단지 이름에 불과하다. 이름에 불과한 것이 자꾸 말하다 보면, 가을이 실제로 존재한다는 착각을 하게 된다.

우리의 생각은 언어이기 때문이다. 그렇다고 가을이라는 말을 쓰지 않으면, 우리가 커다란 사회를 이루고 살아갈 수 있을까?

작은 사회는 가능할 것이다. 노자는 자신이 생각하는 이상사회, 소국과민(小國寡民)의 사회에 대해 다음과 같이 말했다.

'이웃 나라와 그저 바라보기만 하고, 닭이 울고 개가 짖어도 상관하지 않으며, 늙어 죽을 때까지 왕래하지 않는다.'

이러한 작은 사회에서는 서로가 '시(詩)적 언어'를 써도 충분히 의사소통이 가능할 것이다.

시는 자신만의 언어다. 자신만의 생각을 표현한 말이다. 서로를 훤히 아는 사회에서는 이러한 시적 언어를 써도 생각을 주고받는데 전혀 지장을 받지 않을 것이다.

그들은 '가을이 간다'라는 말을 쓰지 않을 것이다. 서로를 잘 아는 사람들은 상투적인 말을 쓰지 않는다.

실제로 언어학자들은 원시인들은 시적 언어를 쓰면서 살았다고 한다. 시적 언어를 쓰면서 살아가게 되면, 생각이 허상에 사로잡히지 않게 된다.

찰나의 언어를 쓰면서 살아가기에 생각도 찰나가 된다. 잡생각이 머리에서 와글거리지 않는다.

현대인들의 머리가 복잡한 것은, 현대인이 쓰는 언어가 복잡하기 때문이다. 복잡한 머리로 살아가면 사는 게 신나지 않게 된다.

우리가 평소에 쓰는 말들을 잘 살펴보면, 우리가 얼마나 허상에 사로잡혀 살아가고 있는지가 훤히 보인다.

우리가 쓰는 명사들, 꽃, 번개, 비, 강물, 산... 다 이름에 불과하다. 실체는 없다. 고정된 실체로 존재하지 않는다.

이런 명사들을 일상에서 시적인 언어로 쓰게 되면, 이 세상은 교향악이 되고, 춤이 된다.

아이들이 쓰는 언어를 잘 살펴보면, 거의 다 시적 언어들이다. 그래서 그들의 생각은 언제나 율동 속에 있다.

하지만 그들이 어른이 되면, 의사소통을 위하여 산문적인 언어를 쓰게 된다. 생각이 굳어지고 삶 전체가 딱딱해진다.

글을 쓰면서 나의 딱딱한 생각들이 풀어지게 된다. 생각이 풀어질 때, 나의 삶 전체가 물처럼 공기처럼 흐르게 된다.

글을 쓰면서 딱딱한 세상을 겨우 견딘다. 이 세상 전체가 바람처럼 흘러 다니려면, 아주 작은 사회들로 나누어져야 할 것이다.

인류 역사에서 작은 사회를 이루고 산 적이 있다. 아메리카 지역에 살았던 인디언들이다.

프랑스의 정치 인류학자 피에르 클라스트르는 그의 저서 '국가에 대항하는 사회'에서 '아름다운 작은 사회'를 보여준다.

그 사회에서는 최고의 지도자 부족장에게 권력이 없다. 그에게는 세 가지 특징이 있다.

'잉여를 남기지 않는다. 말을 잘한다. 관대하다.' 최고의 지도자에게 쓰고 남는 잉여가 있으면, 사회 전체가 위험해진다.

잉여는 더 많은 잉여를 불러오기 때문이다. 견물생심(見物生心)이다. 사람은 물질을 보면, 없는 욕심도 생겨난다.

최고 지도자에게는 아예 욕심이 생겨나지 않게 해야 한다. 그래야 그는 권력을 행사하는 게 아니라, 부족원들이 평화롭게 살아가도록 항상 노력하게 된다.

부족원들 간에 다툼이 있으면 그가 화해시켜야 한다. 그래서 최고 지도자는 말을 잘하고 관대해야 한다.

권력 없는 부족장, 우리의 어머니 같은 존재라고 생각하면 될 것이다. 어머니는 사랑으로 가정을 잘 다스리지 않는가?

이러한 인디언들의 아름다운 작은 사회는 현대 인류가 앞으로 가야 할 오래된 미래다.

여우는 어린 왕자에게 관계 맺는 법을 가르쳐준다.
"너는 말하지 마…! 말은 오해의 근원이야. 그러나 하루하루 조금씩 가까이 앉아도 돼…."

사람은 온몸으로 소통해야 한다. 그래야 마음과 마음이 통한다. '말은 오해의 근원'이다.

시적인 말을 쓸 때 우리는 서로가 오해 없이 잘 살아갈 수 있다. 요즘 지역 곳곳에 '마을 협동조합'이 생겨나고 있다.

우리의 미래를 여는 시원(始原)들이다. 나는 인디언들처럼, 석기 시대의 원시인들처럼, 아름답게 살아가는 우리의 후손들을 마음속으로 그려 본다.

잠깐만 지구 위에 서서
어떤 언어로도 말하지 말자.
우리 단 일 초만이라도 멈추어
손도 움직이지 말자.

– 파블로 네루다, <침묵 속에서> 부분

인류 전체가 단 일 초만이라도 침묵한다면, 기적이
일어날 것이다.

모든 인간과 동식물, 사물들이 하나가 될 것이다.
우리 모두 오순도순 살아가는 아름다운 세상을 언뜻
보게 될 것이다.

이별 없는 세대

여우가 말했다. "가령 오후 4시에 네가 온다면 나는 3시부터 행복해지기 시작할 거야. 시간이 갈수록 난 더 행복해질 거야. 4시가 되면, 벌써, 나는 안달이 나서 안절부절못하게 될 거야."

– 앙투안 드 생텍쥐페리,『어린 왕자』에서

'약속'에 대한 나의 첫 충격은 30대 후반에 왔다. 모 시민단체에서 활동가로 근무할 때였다.

한 활동가가 회의 시간에 오지 않았다. '무슨 일이지?' 나는 안절부절못했다. '큰일이 난 게 틀림없어. 어떻게 해야 하나?'

그와 자주 술을 마셨기에 그에 대해 잘 안다고 생각했었다. 그는 명문대 출신의 영민한 젊은이였다.

'걸어 다니는 백과사전'이었다. 그의 입에서는 온갖 심오한 사회과학 지식이 폭포처럼 쏟아져나왔다.

그는 특히 활동가의 '품성'을 강조했다. 시민단체의 활동가는 몸으로 규율을 세워야 한다고 했다.

그에게 전화해도 받지 않았다. 그런데 그다음 날 그는 아무런 일도 없었다는 듯이 나타났다.

무슨 일이 있었느냐고 물어봐도 허허 웃으며 별일 없었다고 했다. 그렇게 시간이 흘러갔다.

그 뒤 나는 그와 유사한 경험을 술집에서 했다. 나는 초등학교 동창생인 그와의 약속 시간이 다가오자 설레기 시작했다.

사막의 여우가 어린 왕자에게 기다림의 미학을 가르쳐 준다.

"가령 오후 4시에 네가 온다면 나는 3시부터 행복해지기 시작할 거야. 시간이 갈수록 난 더 행복해질 거야. 4시가 되면, 벌써 나는 안달이 나서 안절부절못하게 될 거야."

하지만 그는 오지 않았다. 똑딱똑딱 시간이 흘러가고…. 나는 그에게 전화를 걸었다.

몇 번 전화하자, 그가 잠에 취한 목소리로 전화를 받았다. "응? 내가 그랬어? 어제 술을 많이 마셔서 꽐라가 됐어…. 깜빡 잊었어…."

'깜빡 잊었다'는 말 앞에 나는 맥없이 나의 감정을 추슬러야 했다. 그의 억양 없는 목소리, '깜빡 잊었어.'

이런 일을 몇 번 겪게 되자 점차 나의 감정도 점차 무디어지기 시작했다. 어처구니없는 일 앞에서도 무덤덤한 마음.

이제는 약속 시각이 다가와도 설레지 않게 되었다. 그(녀)가 오면 오고 오지 않아도 괜찮은 경지에 도달하게 되었다.

볼프강 보르헤르트 작가의 '이별 없는 세대'에는 다음과 같은 구절이 나온다.

'우리는 이 세상에서 만나 서로 함께 지낸다. 그런 다음 슬그머니 도망친다. 우리에게는 만남도 없고 머무름도 없고, 이별도 없기 때문이다. 우리는 이별 없는 세대다. 마음이 내지르는 비명을 두려워하며 도둑처럼 슬그머니 도망친다.'

'마음이 내지르는 비명'이 어디로 갈까? 이 세상에는 사라지는 것은 없다. 떠난 것은 반드시 귀환한다.

우리 마음에 비명이 켜켜이 쌓인다. '소리 없는 아우성' 우리는 항상 입을 꽉 다물고 있어야 한다.

언제 비명들이 마구 터져 나올지 모른다. 비명들이
우리를 어디로 끌고 갈지 모른다.

내게 닿는 사람이 지르는 비명은
내가 인간에게 품고 있는 우정이
얼마나 그들에게 놀라움의 대상인가를
가르쳐 준다

– 오오오카 마코토, <불꽃의 노래> 부분

고대 그리스의 현자 헤라클레이토스는 '만물의 근
원은 불'이라고 했다.

자신을 활활 불태우며 모든 것과 함께 타오르는 불,
우리에게는 아득한 불의 기억이 있다.

활활 타오르고 싶다! 남김없이 타올라 재가 되어 허
공으로 날아가고 싶다.

성스러움을 위하여

"의례가 뭐야?" 어린 왕자가 말했다. "그것도 모두들 잊고 있는 것이지." 여우가 말했다. "그건 어떤 날을 다른 날들과 다르게, 어떤 시간을 다른 시간과 다르게 만드는 거야!"

– 앙투안 드 생텍쥐페리, 『어린 왕자』에서

원시인들의 의례를 보면, 끔찍하다. 신화학자 조지프 캠벨은 그의 저서 '블리스로 가는 길'에서 다음과 같은 원시인들의 의례를 보여준다.

'부족이 한자리에 모여 조상의 목소리를 낸다는 커다란 북을 치며 춤을 추고 노래를 부른다.
한 소녀가 앞으로 나온다. 소녀는 거대한 통나무로

한쪽에 두 개의 기둥을 받쳐서 만든 비스듬한 지붕 밑으로 들어가 반듯이 눕는다.

그다음에 방금 성인식을 마친 십 대 초반의 소년들이 안으로 들어가 소녀와 차례로 첫 성관계를 갖는다.

마지막 소년이 들어가서 소녀와 완전히 한 몸이 되는 순간 사람들은 통나무 기둥을 빼낸다.

그들 위로 통나무가 떨어진다. 그들이 죽으면 시신을 끌어내 토막을 치고 요리를 해서 먹는다.'

조지프 캠벨은 이 의례의 목적은 '우리의 의식으로 하여금 삶이 죽음을 먹고 산다는 무시무시한 사실을 받아들이도록 하는 것'이라고 말한다.

이어서 그는 "죽은 소년과 소녀는 신성한 힘을 상징한다"라고 말한다. 원시인들은 이 의례를 통해 삶을 긍정하게 된다는 것이다.

이런 의례를 야만적이라고 보는 우리는 우리 자신을 깊이 성찰해봐야 한다. '이런 의례를 행하지 않는 현대 문명인은 잘 살아가고 있는가?'

원시인들은 충격적인 방법으로 크게 깨달을 것이다. '산다는 건 너무나 고통스러운 일이다. 다른 생명을 먹고 살아야 하니까!'

원시인들은 우리처럼 함부로 다른 생명을 죽이지 않는다. 반드시 먹을 만큼 사냥을 한다.

먹고 나서 그 동물들이 다시 태어나도록 의례를 행한다. 우리 문명인들처럼 다른 동물을 마구 죽이고 비만이 올 때까지 먹지 않는다.

그들은 의례를 통해 아는 것이다. '생명은 생명을 먹으며 살아가고 죽어서는 다른 생명의 먹이가 되어야 한다. 이것이 생명의 신비다.'

우리는 이러한 '생명의 신비'를 잃어버렸다. 그래서 우리 문명인들은 극단적인 속물이 되어 버렸다.

삶의 성스러움을 잃은 현대인들은 온갖 정신질환에 시달리게 된다. 그렇다고 원시인들처럼 무시무시한 의례를 행할 수는 없을 것이다.

하지만 우리는 이 의례의 정신을 되살릴 수는 있다. 나는 요가와 명상을 하며 이것이 현대인의 의례라는 생각을 한다.

어린 왕자가 여우에게 "의례가 뭐야?" 하고 묻자 여우가 대답한다. "그건 어떤 날을 다른 날들과 다르게, 어떤 시간을 다른 시간과 다르게 만드는 거야!"

요가와 명상을 하고 나면, 나는 전혀 다른 사람이 된다. '작은 나'에서 '큰 나'로 다시 태어난다.

작은 나는 나만 챙기는 나다. 인간은 '나'라는 의식이 있어, 나라는 존재가 이 세상의 중심이라고 착각하기 쉽다.

이 착각 속에서 살아가게 되면, 자신의 이익을 위해 남을 마구 해치게 된다. 그러고서도 그것이 당연하다고 생각하게 된다.

이런 나는 죽어야 한다. 원시인들이 의례를 통해 보여준 것이 바로 이것이다. '너도 하나의 생명이니 다른 생명의 먹이가 되어야 해!'

'산다는 건, 서로의 생명을 나누는 거야! 크게 보면 모든 생명체는 하나의 생명인 거야!'

요가와 명상은 이것을 깨닫고 큰 나로 다시 태어나게 한다. 하지만 다시 일상으로 돌아오면, 나라는 존재는 오만방자해진다.

어떻게 하면, 인류 전체가 큰 나로 다시 태어날 수 있을까? 혼자 혹은 소수가 모여서 하는 요가와 명상은 한계를 지닐 수밖에 없다.

한 사람을 사랑하는 일이
만일 이루어진다면,
자네는 마치
어려운 기상을 걸고
환하게 열린

휘영청한 가을 하늘을
우러르는 일과 같으리라.

– 박재삼, <하늘에서 느끼는 것> 부분

우리는 한 사람을 사랑할 수 있을까?

우리가 한 사람을 사랑할 수 있다면, 모든 인류, 천지자연을 사랑할 수 있게 될 것이다.

비로소 우리는 '하늘에서 느끼는 존재'가 될 것이다.

4장
영원을 향하여

어떤 별에 사는 꽃을 좋아한다면
밤에 하늘을 쳐다보는 게
즐거울 거야.
어느 별이나 다 꽃이 필 테니까.

아이가 되어라

여우가 말했다. "내 비밀은 이거야. 아주 간단해. 마음으로 보아야만 잘 보인다. 중요한 것은 눈으로 보이지 않는다." "중요한 것은 눈으로 보이지 않는다." 어린 왕자는 기억해 두려고 되풀이했다.

– 앙투안 드 생텍쥐페리, 『어린 왕자』에서

중국 명나라의 왕양명은 양명학을 창시했다. 기존의 유학, 주자학이 공리공담을 일삼는 학문이 되어버렸기 때문이었다.

송나라의 주자가 만든 주자학은 이 세상의 근원적인 이치, 이(理)가 우리의 본성(本性)에 있다(성즉리, 性卽理)고 말한다.

인간은 이 세상의 근원적인 진리를 알고 싶어 한다. 다른 동물처럼 먹고 마시고 잠자는 것만으로는 만족하지 못한다.

주자는 이 근원적인 진리가 우리의 본성에 있으니, 본성을 잘 깨우면 진리를 알 수 있고 진리에 맞는 삶을 살아갈 수 있다는 것이다.

그런데 주자학이 세월이 흐르면서 궁극적 진리, 이를 탐구하는 데 집중하여 점차 일상적 삶과 유리되어 갔다.

진리를 탐구하면, 좋은 삶을 살아갈 수 있어야 하는데, 진리에 대한 논쟁에 몰두하다 보니, 진리 탐구가 외려 삶과 멀어져 버리게 된 것이다.

이러한 시대적 요청으로 양명학이 등장한 것이다. 양명학에서는 궁극적 진리가 마음에 있다(심즉리, 心即理)고 주장한다.

주자학의 성즉리와 양명학의 심즉리, 양명학의 공부 방법은 너무나 쉬워진 것이다. 내 마음에 진리가 있으니 '마음대로' 살아도 되는 것이다.

문제는 마음이다. 마음은 너무나 넓다. 왕양명처럼 마음이 맑은 사람은 마음대로 살아도 되는데, 마음이 혼탁한 사람은 마음대로 살아가면 삶이 엉망이 된다.

왕양명은 '마음대로'에서, 마음속의 '양지(良知)'를 진정한 마음으로 보았다. 양지, 잘 알 수 있는 마음이다.

크게 보면, 주자가 말한 성(性), 본성과 같은 말이나, 성이라는 말이 공리공담이 되어 왕양명은 양지라는 말을 쓴 것이다.

양지는 우리 마음이 고요할 때 드러나는 마음이다. 마음이 고요하면, 큰 거울과 같이 이 세상을 그대로 비춘다.

이 세상의 진리를 바로 알게 된다. 왕양명은 이 맑은 마음으로 살아가면, 진리에 맞는 삶을 살아갈 수 있다고 생각한 것이다.

하지만 그의 많은 제자는 또 양지를 찾는데 골몰하게 되었다. 주자학처럼 공리공담으로 흐르게 되었다.

이때 등장한 사람이 이탁오다. 이탁오는 양지 대신 '동심(童心)'이라는 말을 썼다. 동심은 누구나 마음 깊은 곳에 있는 아이의 마음이다.

우리 마음속의 아이, 어린 왕자는 항상 우리에게 말한다. "중요한 것은 눈으로 보이지 않는다."

이탁오의 공부법은 왕양명의 공부법을 그대로 이어받은 것이다. 사람은 생각이 많으면 제대로 살아가지 못한다.

아이들은 생각이 적다. 몸으로 살아간다. 항상 현재에 있다. 늘 카르페 디엠! 항상 현재를 한껏 누리고 있다.

이러한 아이는 불교에서 말하는 부처다. 부처는 과거의 기억들에서 벗어난 사람이다.

우리가 불행한 건, 과거의 기억에 얽매이기 때문이다. 과거의 기억들만 없으면 우리의 마음은 맑디맑다.

이 마음으로 살아가면 인생은 눈부시게 찬란하다. 문제는 또 동심이다. 유치한 마음을 동심이라고 착각하기 쉽다.

쉽게 눈물을 질질 짜는 아이의 마음을 동심으로 오해할 수 있다. 순수한 아이의 마음이 동심이다.

순수한 마음은 체험으로 깨달아야 한다. 그렇지 않으면 의존적이고 성숙하지 않은 아이의 마음을 동심이라고 착각하게 된다.

크게 감동하였을 때, 마음이 바람 한 점 없는 호수와 같을 때, 우리의 마음은 동심이 된다.

그런 마음으로 살아가게 되면, 우리의 삶은 진리 그 자체가 된다. '나이 서른에 우리는 어디에 있을까.'

서른부터 우리는 어른이 되었다. 항상 우리가 어디에 있는지 살펴보아야 한다. 항상 동심에 머물러 있는지.

소 탄 아이가 시냇물에 첨벙첨벙!
저 너머엔 고운 무지개 솟아오르고

– 박지원, <길 가던 중 문득 갬> 부분

아이가 있어 하늘에 무지개가 솟아오른다.

시인의 마음속에서 아이가 깨어난 것이다.

이런 순간이 공자가 말한 도(道)다. 아침에 들으면 저녁에 죽어도 좋은 도.

사람 위에 사람 없고
사람 밑에 사람 없다

"네 장미가 그처럼 소중하게 된 건 네가 그 꽃에 들인 시간 때문이야." 여우가 말했다.

– 앙투안 드 생텍쥐페리,『어린 왕자』에서

인간과 동물이 갈라지는 지점은 다른 사람, 다른 존재에 대한 사랑이다. 인간은 다른 존재의 마음을 함께 느낀다.

자신의 마음, 상처에만 골몰하던 어린 왕자는 사막의 여우를 만나 '사랑'을 배우게 된다.

"네 장미가 그처럼 소중하게 된 건 네가 그 꽃에 들인 시간 때문이야."

어린 왕자는 자신에게 상처를 준 장미의 마음을 드디어 깨닫게 된다. '장미의 말을 듣지 않고 행동을 봐야 했어.'

사람은 사랑하면서도 모진 말을 내뱉을 수 있다. 그때 우리는 상대방의 행동을 봐야 한다.

우리는 '사랑의 기술'에 미숙하다. 사랑하면서도 서로 상처를 주기 쉽다. 인간에게는 '나'라는 의식, 자아가 있기 때문이다.

자아는 항상 자신부터 먼저 챙긴다. 우리는 자아를 극복해가야 한다. 우리 내면의 큰 사랑을 깨달아 가야 한다.

내면의 큰 사랑이 깨어날 때, 인간은 고귀해진다. 이타적인 사랑을 행할 수 있게 된다.

인간 안에는 이런 큰 사랑이 있어, 모든 인간은 평등하다. 이 사랑으로 모든 만물은 동등하다.

이런 사랑이 깨어나지 않으면, 인간은 서로 폭력적으로 재배하고 복종하게 된다. 이 세상은 아비규환의 세상이 된다.

인간은 또한 각자 다르다. 타고난 기질이 서로 다르기 때문이다. 어떤 사람은 체력이 강하고 어떤 사람은 지능이 높다.

어떤 사람은 외향이고, 어떤 사람은 내향이다. 어떤 사람은 섬세한 감수성이 있고, 어떤 사람은 깊은 통찰력이 있다.

인간은 이러한 각자의 다른 타고난 능력으로 인해 서로 불평등하다. 그럼 우리는 어떻게 더불어 살아가야 할까?

일본의 지성 가라타니 고진은 "대화는 서로 가르쳐주고 배우는 관계"라고 말한다. 우리는 독백을 대화라고 착각하기 쉽다.

사람들의 대화를 잘 들어보면, 거의 다 독백이다. 서로 자신들 말만 한다. 이것은 대화가 아니다.

이런 대화를 하고 돌아오면 허전하다. 우리 내면의 사랑을 주고받지 못했기 때문이다.

진정한 대화는 '서로 가르쳐 주고 배우는 것'이다. 우리가 잘하는 것은 가르쳐 주고 잘하지 못하는 것은 배워야 한다.

이때 우리는 충만해진다. 우리 내면의 사랑을 주고받았기 때문이다. 우리가 하나가 되었기 때문이다.

우리는 작은 나, 자아를 넘어 큰 나가 되어야 한다. 그래야 내면의 큰 사랑이 깨어나게 된다.

내면의 큰 사랑으로 우리는 서로 가르쳐주고 배울 수 있다. '아름다운 지배와 복종의 세상'이 만들어진다.

우리는 평등이라는 단어에 얽매이지 말아야 한다. '평등의 정신'을 분명히 깨달아야 한다.

큰 사랑을 깨우지 못한 사람들이 "사람 위에 사람 없고 사람 밑에 사람 없다!"라고 외치게 되면, 우리는 모래알처럼 흩어지게 된다.

> *그렇다, 하늘은 늘 푸른 폐허였고*
> *나는 하늘 아래 밑줄만 긋고 살았다*

– 서정춘, <수평선 보며> 부분

하늘은 우리 내면의 큰 사랑일 것이다. 시인은 '그 하늘은 늘 푸른 폐허'였다고 슬프게 노래한다.

하지만 시인은 늘 큰 사랑을 잊지 않고 살았다. '나는 하늘 아래 밑줄만 긋고 살았다'

길들인 것은 언제까지나
책임이 있다

여우가 말했다. "그러나 너는 잊으면 안 돼. 네가 길들인 것에 너는 언제까지나 책임이 있어. 너는 네 장미한테 책임이 있어…."

– 앙투안 드 생텍쥐페리, 『어린 왕자』에서

여우가 어린 왕자에게 가르쳐 준 삶의 지혜, "네가 길들인 것에 너는 언제까지나 책임이 있어. 너는 네 장미한테 책임이 있어…."

여우가 잊지 말라고 한 이 지혜를 현대 문명인은 잊어버렸다. 원시인들은 자신들이 길들인 것에 대해 책임졌다고 한다.

물에 빠진 사람을 구해주면, 그를 끝까지 책임졌다고 한다. 그를 집으로 데리고 가서 그가 건강한 모습으로 떠날 때까지 돌봐주었다고 한다.

현대 문명인은 생각할 것이다. '아니? 물에 빠진 사람 구해주면, 다 죽어가는 사람을 살려놓은 거잖아. 그런데 또 돌봐준다고? 그럼, 누가 물에 빠진 사람을 구해주겠어?'

사람은 살다 보면 어떤 일을 겪을지 모른다. 큰 걱정이 생겨 길을 바삐 가다 자신도 모르게 물에 빠질 수도 있다.

그때 누가 자신을 구해주었다면, 마냥 고마워할 수 있는가? 큰 걱정에다 물에 빠졌으니, 혼이 나갔을 것이다.

그런 사람을 어떻게 해야 하나? 원시인들처럼 끝까지 책임져 주는 게 맞지 않겠는가?

우리 속담에 '물에 빠진 사람 구해주었더니 보따리 내놓으라고 한다'라는 말이 있다. 원시인들 같으면 보따리를 찾아주는 게 당연하다고 생각할 것이다.

물에 빠져 정신이 없는 사람이 어떻게 보따리까지 챙길 수 있겠는가? 물에서 구해주었으면 당연히 보따리도 책임지고 찾아주어야 한다.

호주 원주민들에게 축구를 가르쳐 주었더니 그들은 무승부가 될 때까지 경기를 하더란다.

그들은 첫 경기가 끝났을 때 이긴 팀은 생각했을 것이다. '상대방은 지금 기분이 나쁠 거야!'

서로 이렇게 생각하다 보니 그들은 무승부가 될 때까지 경기를 하게 되었을 것이다.

그들은 한평생 상대방을 배려하며 살아갈 것이다. 서로를 길들이게 되면, 끝까지 서로를 배려하는 것은 천지자연의 이치다.

물은 수소와 산소로 이루어져 있다. H_2O, 이 중에서 수소가 제 마음대로 하늘로 날아가 버리면 어떻게 될까?

그러면 가만히 있던 산소도 말라버리게 될 것이다. 수소와 사소는 서로를 길들였기에 하나의 물이 되었다.

그들은 불가피한 상황이 오기 전까지는, 끝까지 서로를 강하게 껴안으며 물로 존재할 것이다.

그들은 자신이 길들인 것에 끝까지 책임을 지는 것이다. 서로를 길들이며 무한히 피어나는 존재들, 그래서 이 세상은 눈부신 꽃밭이다.

현대인이 불행한 것은 이러한 천지자연의 이치를 잊어버렸기 때문이다. 살아가면서 자신이 길들인 것들을 책임지지 않기 때문이다.

모래알처럼 혼자 살아가는 현대인들, 한평생 서로의 몸을 할퀴며 상처투성이로 살아가고 있다.

하하 웃는 당신을 이기기 위해
죽도록 노력했어요
그러나 언제나 돌아오는 당신 뻔뻔스런 당신을
다시 걷어찼어요 삶의 뱃가죽이
터지라고 차냈어요

– 장정일, <축구 선수> 부분

숭부를 가리는 축구를 오랫동안 해 온 우리는 이제 다들 축구 선수가 되었다. 인생은 거대한 축구장이 되었다.

'언제나 돌아오는 당신 뻔뻔스런 당신을/ 다시 걷어찼어요'

뻔뻔스러운 당신은 계속 나타나고, 우리는 이제 모두 쓰러질 때까지 그들을 걷어차야 할 것이다.

'오싱'을 위하여

잠든 어린 왕자가 나를 이렇듯 감동하게 만드는 것
은, 한 송이 꽃에 바치는 그의 성실한 마음 때문이다.

– 앙투안 드 생텍쥐페리,『어린 왕자』에서

일본 드라마 '오싱'을 보았다. 불과 일곱 살인 오싱
은 입 하나 줄이기 위해 더부살이를 떠난다.

식구(食口)는 그야말로 '같이 밥을 먹는 사람들'인
데, 같이 밥을 먹기 힘든 사람들의 슬픈 이야기다.

오싱 덕분에 오싱의 가족에게는 쌀 한 가마니가 생
긴다. 오싱의 어머니는 오싱에게 쌀밥을 해서 먹인다.

오싱은 데리러 온 사람과 뗏목을 타고 떠나게 된다. 어머니와 할머니가 배웅하며 울고, 아버지는 홀로 멀리서 오싱을 보며 울부짖는다.

인간의 가장 기본적인 욕구는 먹는 것이다. 배고픔, 살아가면서 느끼는 가장 큰 서러움이 아닐까?

나도 오싱처럼 가난한 소작농의 자식으로 태어났다. 어느 날, 학교에서 돌아오니 아무도 없었다.

배가 고파 부엌으로 가 보았다. 허공에 광주리 하나가 매달려 있었다. 나는 군침이 돌았다.

'저 광주리 안에는 개떡이 있다!' 하지만 나는 뒤돌아 나왔다. 우리 가족이 저녁에 함께 먹어야 하니까.

마당에서 혼자 놀다가 수시로 부엌에 가 보았다. 끝내 개떡을 먹지 않았다. 나는 그 당시 '어린 왕자'였던 것이다.

'잠든 어린 왕자가 나를 이렇듯 감동하게 만드는 것은, 한 송이 꽃에 바치는 그의 성실한 마음 때문이다.'

우리는 누구나 성실한 아이였다. 인간의 본성을 고이 간직하고 있었다. 오싱은 자신이 떠나야 나머지 가족들이 밥을 먹을 수 있다는 것을 알았다.

성실(誠實), 가장 아름다운 글자다. 이 성실함이 우리 모두를 아름답게 살아가게 한다. 이러한 아이의 마음을 다치게 하지 말아야 한다.

오싱은 할머니가 준 50전을 고이 간직하고 있었는데, 집안 살림을 도맡고 있던 츠네에게 도둑 취급을 당하며 그 돈을 빼앗기게 된다.

이때 오싱의 마음은 어땠을까? 이렇게 다친 마음으로 살아가는 오싱, 누구에게나 이러한 원초적인 상처가 있을 것이다.

이 상처가 인간의 원초적인 마음을 갈가리 찢어놓을 것이다. 이 마음을 다시 하나로 붙이지 않으면, 우리는 범죄를 저지르게 되거나 질병에 걸리게 된다.

오싱의 일생은 이 상처를 다스리는 삶이었을 것이다. 그녀에게는 이 상처가 가장 큰 스승이었을 것이다.

나도 오싱 같은 원초적인 마음의 상처가 있다. 아마 초등학교 6학년 때쯤이었을 것이다.

학교에서 돌아오니, 댓돌에 웬 검은 구두가 놓여 있었다. 가까이 가서 보니 안방에서 말소리가 들렸다.

부모님이 누군가에게 애원하고 있었다. 옆방으로 들어가니 셋째 동생이 울고 있었다.

부모님의 애원하는 목소리가 계속 들려왔다. "올해는 흉년이라 소출이 적습니다… 소작료를 제발 깎아주십시오…"

소작료는 5할이었다. 소출의 반은 지주에게 돌아갔다. 지주의 딸이 나와 같은 반이었다.

그때의 상처는 지워지지 않는다. 나도 오싱처럼 그 상처를 스승으로 삼아 살아온 것 같다.

나는 끝없이 '평화(平和)'를 갈구해 왔다. 평화는 입(口)에 들어가는 쌀(禾)이 공평(平)한 것이다.

각자의 입에 들어가는 쌀이 차이가 나게 되면, 평화가 깨지기 시작한다. 인간은 성실함을 잃어버리게 된다.

배종 감독의 영화 '웰컴투동막골'에 나오는 명대사, 인민군 장교 리수화가 촌장에게 주민들의 절대적인 지지를 받는 영도력의 비결을 묻는다.

촌장이 구수한 강원도 사투리로 대답한다. "영도력의 비결? 글쎄…. 뭐를 많이 멕이지 머."

악(惡)이라는 글자는 성실함, '본래의 마음'을 잃어버린, '버금(亞)가는 마음(心)'이다.

이 세상에는 악이 난무하고 있다. 우리는 그 악들의 비명을 항상 귀담아들어야 한다.

그들은 자신들의 고향으로 돌아가고 싶어서 시도 때도 없이 마구 날뛰고 울부짖고 있다.

평화
제왕이 죽어간 곳에
저 낡은 창이 가지 쳐지고, 싹을 틔워
불구자의 지팡이가 되었다

– 뻬이따오, <태양 도시의 메모> 부분

오싱이 살았던 시대는 일본의 군국주의가 판을 치던 시대였다.

평화는 '제왕이 죽어간 곳에' '저 낡은 창이 가지가 쳐지고, 싹을 틔워/ 불구자의 지팡이가 될 때' 올 것이다.

오싱은 가족과 함께 밥을 먹을 수 있게 될 것이다.

할 일 없는 사람

"저 사람들은 아주 바쁘군요." 어린 왕자가 말했다.
"그들은 뭘 찾고 있죠?" "기관사조차도 모른단다." 전
철수가 말했다.

　– 앙투안 드 생텍쥐페리,『어린 왕자』에서

중국 드라마 '사마의'를 보고 있다. 매일 밤 약육강
식의 슬픈 인간 세상을 보고 있다.

한나라가 몰락하는 시기, 천하의 영웅들이 할거한
다. 조조, 유비, 손권…. 겁이 많고 신중한 사마의는 어
떻게 해야 할까?

그는 살아남는 게 목표다. 그는 평범한 삶을 원한다. 하지만 세상이 그를 그냥 두지 않는다.

궁하면 통하는 법이다. 그의 잠재력이 차츰 드러나기 시작한다. 뛰어난 전략가, 그는 괴물이 되어간다.

그는 위왕 조조의 아들 조비의 책사가 된다. 조비를 세자가 되게 하고 왕좌에 오르게 한다.

하지만 그의 자리는 늘 불안하다. 권력은 나눠 갖지 못하니까. 그는 끝내 조조의 후예들을 물리치고 최고의 권좌에 오른 후 눈을 감는다.

그의 일생은 현대인에게 좋은 자기계발서가 될 것이다. '끝내 이기리라' 하지만, 이겨서 남는 게 뭔가?

그는 눈을 감을 때, 지나간 삶이 너무나 허망했을 것이다. '도대체 왜 그렇게 바쁘게 산 거야?'

어린 왕자는 지구별에 와서 놀란다. "저 사람들은 아주 바쁘군요." "그들은 뭘 찾고 있죠?" 전철수가 말했다. "기관사조차도 모른단다."

인간은 수만 년 전에 지구의 최고 포식자가 되었다. 수만 년이면 생명의 세계에서 보면 아주 짧은 기간이다.

아직 인간은 최고 포식자인 자신이 어색하다. 늘 불안한 눈동자를 굴리며 두리번거린다.

동물의 왕들을 보자. 사자, 호랑이, 표범…. 얼마나 기품이 있는가? 그들의 걸음걸이는 왕답게 의젓하다.

왕은 바빠야 할 이유가 없다. 잠자고 싶을 때 잠자고 먹고 싶을 때 먹으면 된다. 한없는 여유, 왕만이 가질 수 있는 미덕이다.

인간이 왕답게 살았던 시기는 구석기시대일 것이다. 그때는 부족사회를 이루고 살았다. 하나의 가족이 되어 오순도순 살았다.

먹을 게 지천으로 널려 있었다. 아직 맹수들이 두려웠지만, 인간은 수백 명, 수천 명이 뭉칠 수 있기에, 그들과 평화롭게 살아갈 수 있었다.

그러다 철기시대가 되면서, 인간 세상은 아수라장이 되었다. 철기를 가진 부족이 다른 부족을 점령하기 위한 정복 전쟁을 하기 시작한 것이다.

부족사회들이 통합되면서 대제국이 생겨났다. 중국의 진나라는 중국 최초의 대제국이다.

진이 무너지고 한나라가 건국되고 한나라가 무너지기 시작하면서, 위촉오의 삼국시대가 열린 것이다.

참혹한 철기시대에 성현들이 대거 등장했다. 그들은 한결같이 다른 사람에 대한 사랑을 가르쳤다.

인간이 지구별의 왕이 된 것은, 서로 뭉쳤기 때문이다. 인간은 지금 진화 중이다. 부족사회의 인간에서 지구촌의 인간으로.

부족사회가 하나의 가족이었듯이, 지구촌이 하나의 가족이 되어야 한다. 그렇지 않으면 인간은 다시 원숭이로 퇴행하든지 멸종하고 말 것이다.

중국 드라마 '사마의'는 우리에게 묻고 있다. "사마의가 성공한 삶입니까? 우리가 이렇게 살아야 합니까?"

중국의 뛰어난 선승, 조주 선사는 말했다. "아무리 좋은 일이라도 일 없는 것보다는 못하다."

많은 할 일 없는 사람들이 일을 찾고 있다. 우리는 알아야 한다. 할 일 없는 사람이 바로 최고의 포식자다운 인간이라는 것을.

인간은
바다와 같은 깊이를 안고 있기에 침묵할 줄 알고
땅과 같은 무게를 짊어지고 있기에 소리칠 줄 알고
하늘과 같은 높이를 갖고 있기에 노래 부를 줄 안다

– 마하트마 간디, <침묵과 소리와 노래> 부분

바다, 땅, 하늘에 생명체들이 살고 있다. 인간은 이들의 왕이다. 이들 모두를 가슴에 품고 있다.

인간의 마음은 이렇게 넓다. 시인은 온전한 인간의 마음을 보여주고 있다.

현재를 즐겨라

나는 물을 마셨다. 숨이 편안해졌다. 태양이 떠오르면서 사막의 모래가 꿀 빛깔로 물들어갔다. 황금색으로 빛나는 모래를 보니 행복한 기분이 들었다. 왜 공연히 마음을 괴롭혀야 한단 말인가….

– 앙투안 드 생텍쥐페리, 『어린 왕자』에서

어제 공부 모임에서 한 젊은 회원이 심각한 얼굴로 말했다. "저는 항상 과거를 생각하거나 미래를 생각해요."

공기업에 다니는 20대 청년, 점심을 먹으면서도 '내일은 뭘 먹을까?' 하고 생각해요.

‘한가할 때는 계속 지난날들이 떠올라요. 항상 머리가 무거워요.’ 열심히 공부해서 들어간 공기업.

이제 ‘성공한 삶’을 누려야 하는데, 왜 그의 머리는 항상 복잡하기만 할까? 그의 몸이 무거운 머리로 바뀌었기 때문이다.

그 머리의 얼마나 다양한 지식이 가득 들어가 있는가? 반면에 그의 몸은 빈약하게 되었다.

그는 오랫동안 책상 앞에 앉아 있으면서 몸의 소리를 외면해야 했다. ‘저 넓은 벌판으로 뛰어가고 싶어!’

그는 귀를 틀어막아야 했다. 차츰 그의 귀는 몸의 소리를 듣지 않게 되었다. 오감에 무디어진 몸.

그의 머리만 비대해졌다. 인간은 오랫동안 짐승으로 살았다. 호모 사피엔스가 된 것은 얼마 되지 않는다.

수백 년 인류사에서, 생각하는 인간이 된 것은 불과 수만 년 전이다. 생각하는 인간이 되고 나서도 주로 몸을 쓰고 살았다.

18세기 후반에 산업혁명이 일어나 근대 산업사회가 형성되면서 인간은 머리를 주로 쓰게 되었다.

특히 우리 사회는 지식 위주의 입시교육으로 많은 젊은이가 머리 중심의 인간으로 거듭나게 되었다.

나는 그 젊은이에게 말했다. "이제 머리는 조금만 쓰시고 몸을 주로 쓰면서 살아가셔요."

나는 그에게 '짐승'이 되라고 말했다. 인간이 길들인 가축들은 긴장감이 없다. 항상 나른한 모습이다.

하지만 산에 가 보면, 온갖 야생 동물들의 팽팽한 긴장을 만나게 된다. 그들의 오감은 항상 깨어 있다.

인간도 사실 짐승이다. 짐승들처럼 깨어 있어야 한다. 그런데 문명 사회에 오래 살다 보니 안락해졌다.

머리만 비대해진 몸은 짐승의 감각을 잃어버렸다. 그래서 현재를 누리지 못하는 몸은 항상 다른 곳을 찾는다.

'현재'를 누리지 못하는 생명체는 인간뿐이다. 나무 한 그루, 풀 한 포기도 늘 생생하게 깨어 있다.

나는 그 젊은이에게 오감을 깨우는 연습을 항상 하라고 했다. "한 마리 짐승이 되어 살아보셔요."

"걸을 때도 발바닥이 땅에 닿는 느낌을 다 느껴 보셔요. 온몸에 와 닿는 햇살, 바람을 항상 느껴 보셔요. 주변에 있는 사람, 사물들을 온전히 느껴 보셔요…."

"그러면, 차츰 살아 있음의 환희가 느껴질 거예요. 생기(生氣), 인간에게 가장 중요한 건, 살아 있음의 기운이에요."

"온몸이 깨어나면 깊은 내면에 있는 영혼이 깨어나요." 내면의 영혼, 어린 왕자를 만난 '나'는 삶의 비의를 깨닫게 된다.

'나는 물을 마셨다. 숨이 편안해졌다. 태양이 떠오르면서 사막의 모래가 꿀 빛깔로 물들어갔다. 황금색으로 빛나는 모래를 보니 행복한 기분이 들었다. 왜 공연히 마음을 괴롭혀야 한단 말인가…'

검은 A, 흰 E, 붉은 I, 푸른 U, 파란 O, 모음들이여
언젠가는 너희들의 보이지 않는 탄생을 말하리라.

– 아르튀르 랭보, <모음들> 부분

바람 구두를 신고 천하를 주유한 시인, 그는 온몸이 깨어나고 영혼이 깨어났나 보다.

그는 다섯 개의 모음이 창조하는 중중무진(重重無盡)의 세계를 본다. 시인은 견자(見者)이니까.

삶과 죽음은 하나다

어린 왕자가 말했다. "내가 아파하는 것처럼 보일 거야 어쩌면 죽는 것처럼 보일 거야…. 그런 거야. 그걸 보러 오지 마. 그럴 필요가 없어…."

– 앙투안 드 생텍쥐페리,『어린 왕자』에서

어린 시절, 아버지와 함께 할아버지 댁에 자주 갔다. 아마 추석 다음 날이었을 것이다.

돌아오는 버스 안에서 아버지가 어떤 아저씨와 싸우셨다. 아버지는 크게 소리치셨다.

"나를 무시하지 마!! 나 이 다음에 올 때는 택시 타고 올 거야!" 나는 자리에 조용히 앉아 있었다.

그때의 광경은 지금도 흑백사진처럼 내 마음 깊은 곳에 남아 있다. '나를 무시하지 마!!' 아버지의 목소리는 지금도 귀에 쟁쟁하다.

그 후 그 말은 나의 화두가 되었다. 나는 남에게 무시당하는 것을 견디지 못했다. 이 마음이 쌓이고 쌓여 불안 장애로 나타났을 것이다.

그렇게 강고해진 나, 나는 '자의식 과잉'이다. 나는 인문학을 공부하며 이 비대해진 나를 성찰하기 시작했다.

제2의 석가모니로 칭송받는 나가르주나(용수보살)는 말했다. "가는 자는 가지 않는다. 가는 자가 아닌 것도 가지 않는다."

'가는 자는 가지 않는다.' 나는 처음에는 이 말이 이해되지 않았다. 가는 자, 내가 지금 간다고 생각해 보자.

당연히 가는 내가 가지 않는가? 그러다 불교의 '공(空) 사상'을 공부하며, 그 말의 뜻을 이해하게 되었다.

공 사상은 삼라만상을 공, 텅 빈 것으로 본다. 나(我)도 없고(空), 세상(法)도 없다(空)는 사상이다.

'나'라는 존재는 분명히 있지만, 나라는 '실체'는 없다. 내 육체는 내가 먹은 음식들로 이루어져 있다.

그리고 이 음식들도 계속 바뀐다. 10년 전의 나의 육체는 지금의 나의 육체와 완전히 다르다.

마음도 그렇다. 계속 바뀐다. 나라는 존재가 있는 것 같이 느껴지는 것은 나의 기억일 뿐이다.

따라서 '가는 자'인 나는 어떤 고정불변한 나, 자기 동일성이 없다. 계속 바뀌는 나, 생성 변화하는 나가 있을 뿐이다.

이 생성 변화하는 나, '가는 자'는 가고 있는 자다. 이 가는 자는 이미 가고 있는데, 어찌 또 간다는 말인가!

그래서 '가는 자는 가지 않는다.' 그 반대 역시 성립할 수 있다. '가는 자가 아닌 것도 가지 않는다.'

가는 자, 가는 자가 아닌 것, 이런 생각들은 우리가 평소에 쓰고 있는 명사 때문이다.

'명사적 사유'에 젖어 버린 우리는 가는 자를 동사적 사유로 생각하지 않고 명사적 사유로 생각하게 된다.

명사적 사유로 세상을 보게 되면, 이 세상은 고정불변한 것들이 움직이는 것으로 보이게 된다.

'눈이 온다'라는 말을 쓰게 되면서, 눈이 있다는 망상에 빠지게 된다. 눈은 하늘에서 땅으로 오고 있는 동사다.

눈이라는 명사는 '실체'로 존재하지 않는다. '꽃이 핀다'라는 말도 그렇다. 꽃은 피어나고 있는 동사다.

동사인 꽃이 어찌 또 동사(핀다)가 될 수 있는가? 명사는 의사소통을 위해 생겨났을 것이다.

하지만 이 명사들을 자꾸 쓰다 보면, 우리는 이 명사들이 실체라는 생각을 하게 된다.

언어가 사고이기 때문이다. 나가르주나는 단지 이름일 뿐인 것을 실체로 생각하는 망상을 깨기 위해 '중론(中論)'을 썼다.

'중(中)'은 서로 반대인 것을 하나로 보는 '인간의 원초적 사유'다. 언어 이전의 사유다.

나라는 존재의 실체는 없다. 하지만 분명히 나는 지금 여기에 있지 않은가? 이 생각이 중이다.

나는 없으면서도 있는 것이다. 실체는 없지만 지금 여기에 '생성 변화하는 존재'로 있는 것이다.

삼라만상이 다 그렇다. 이러한 이치를 불교에서는 '연기(緣起)'라고 한다. 연기는 '모든 존재는 조건에 의해 생겨난다'라는 사상이다.

나도 눈도 꽃도 다 조건에 의해 생겨났다가 사라진다. 실체는 없이 삼라만상이 존재하는 이치다.

이러한 연기의 눈으로 이 세상을 바라보게 되면, 어떤 것에도 집착하지 않게 되어 행복에 이를 수 있다는 것이 불교의 가르침이다.

나처럼 자의식이 강한 사람은 강고한 자아로 인해, 이 세상을 흑백논리로 보게 된다.

'너와 나, 선과 악, 삶과 죽음'이 선명해 사는 게 고달파진다. 실체로 존재하지도 않는 '너, 악, 죽음'과 한평생 싸우게 된다.

'나를 무시하지 마!!' 나라는 존재는 없다. 당연히 선과 악도 삶과 죽음도 없다. 명사적 사유에서 동사적 사유로 전환하는 것, 이것이 깨달음이다.

우리 안에는 명사적 사유에 길들여지지 않은 어린 왕자가 있다. 우리의 깊은 내면에서 잠자고 있는 이런 왕자를 깨워야 우리는 진정한 나가 된다.

그때 서야 우리는 신나게 살다가 죽음에 이르게 되었을 때, 어린 왕자처럼 말할 수 있을 것이다.

"내가 아파하는 것처럼 보일 거야 어쩌면 죽는 것처럼 보일 거야…. 그런 거야. 그걸 보러 오지 마. 그럴 필요가 없어…."

나는 내 생명을 가득 채웠던 광주리를
그 손님 앞에 내어놓으련다.
나는 그를 빈손으로 돌려보낼 수는 없으니

- 라빈드라나트 타고르,
  <죽음이 당신의 문을 두드릴 때> 부분

우리가 동사적 사유로 자신과 이 세상을 바라볼 수 있다면, 우리도 죽음이 왔을 때 시인처럼 노래할 수 있을 것이다.

'나는 내 생명을 가득 채웠던 광주리를/ 그 손님 앞에 내어놓으련다'

삶을 모르는데
어찌 죽음을 알겠는가?

그의 발목께서 노란빛이 반짝하는 것뿐이었다. 그는 한순간 움직이지 않고 서 있었다. 비명을 지르지 않았다. 그는 나무가 넘어지듯 천천히 넘어졌다. 모래밭이라 소리조차 없었다.

– 앙투안 드 생텍쥐페리, 『어린 왕자』에서

자로가 공자에게 질문했다. "감히 죽음을 묻습니다." 그러자 공자가 대답했다. "삶을 모르는데 어찌 죽음을 알겠는가?"

그의 가르침의 핵심은 충(忠)과 서(恕)였다. 충은 '마음(心)의 중심(中)'이다. 우리가 마음을 고요히 하면 마음이 중심을 잡는다.

중심을 잡은 마음은 천지자연과 하나다. 이 마음으로 살아가면, 천지자연의 이치와 하나가 된다.

따라서 남의 마음(心)과도 같게(如) 된다. 용서(容恕)는 남의 마음과 하나가 될 때 가능하다.

충과 서의 삶이야말로 최고의 삶이 아닌가? 올바른 삶이니까 당연히 좋은 죽음을 맞이할 수 있게 될 것이다.

신이니 사후 세계니 알려고 하지 않아도, 신의 뜻에 맞는 삶이 되고 사후 세계가 있다면 좋은 사후 세계에 갈 수 있을 것이다.

공자가 죽은 후 1500여 년이 흐른 후, 송의 주자가 등장해 공자의 가르침, 유학은 성리학(性理學)으로 변모하였다.

성리학은 인간의 본성(性)에 천지자연의 이치(理)가 있다는 철학 이론이었다. 성리학은 이 본성과 리에 관한 깊은 탐구로 이어졌다.

본성과 감정(情), 리와 기(氣)…. 처음에는 성리학이 삶을 위한 철학이었지만 차츰 관념화되어 갔다.

이 성리학이 조선 시대에 들어와 일본의 침략(임진 왜란)이 임박했음에도, 많은 선비는 이기론(理氣論) 의 논쟁에 몰두했다.

공리공담(空理空談), 실제로 아무 소용이 없는 헛된 말들, 공자가 금지했던 말들이 난무했다.

20세기 최고의 철학자 비트겐슈타인은 오랫동안 인류는 이런 헛소리들이 철학의 이름으로 행해져 왔 다고 말했다.

위대한 철학자 칸트는 우주가 끝이 있느냐 없느냐 와 같은 관념적인 것들은 인간의 이성으로 판단할 수 없다고 말했다.

이런 관념에 빠지지 않았던 칸트는 죽을 때, 포도주 한 잔 마시고는 "좋다!"고 말했다.

이런 헛소리들을 하지 않고 살았던 비트겐슈타인도 죽을 때, "멋진 삶을 살았다!"고 말했다.

공자는 죽을 때, 침묵을 지켰다고 한다. 그는 자연스레 천지자연의 운행에 몸을 맡겼을 것이다.

어린 왕자는 깔끔하게 죽는다.

'그의 발목께서 노란빛이 반짝하는 것뿐이었다. 그는 한순간 움직이지 않고 서 있었다. 비명을 지르지 않았다. 그는 나무가 넘어지듯 천천히 넘어졌다. 모래밭이라 소리조차 없었다.'

어린 왕자가 치열하게 좋은 삶을 추구해 왔기 때문일 것이다. 그 삶의 절정에서 노란빛이 반짝였다.

노란 뱀은 땅속의 비밀, 인간의 깊은 무의식의 비밀을 다 알고 있는 위대한 현자다. 어린 왕자는 현자의 지혜를 몸으로 깨치고 죽었다.

어린 왕자가 사막의 여우에게 배운 지혜가 바로 공자의 '충과 서'다. 충과 서의 정신은 노란빛으로 나타날 것이다.

  둥그렇고 싯누런
  완벽한 죽음의 얼굴이
  동산 위에 떠 올라
  잠든 세상의 꿈을
  마구 뒤섞어 달빛으로 절여 먹는다

  – 김혜순, <달> 부분

낮에 온 세상에 쨍쨍하게 내리비치던 태양이 지고 나면, 달이 떠오른다.

달은 죽음의 신이다. '잠든 세상의 꿈을/ 마구 뒤섞어 달빛으로 절여 먹는다' 우리는 속수무책 그의 뜻에 따라야 한다.

인간은 왜 달을 죽음의 신으로 숭배하게 되었을까? 죽음이라는 말을 모르는 아이들은 달을 하늘 높이 떠 있는 노란 풍선으로 볼 텐데.

내 안의 아이를 만나다

초판 1쇄 발행 2024년 6월 10일
초판 1쇄 인쇄 2024년 6월 10일

지은이   고석근

디자인   포레스트 웨일
펴낸이   포레스트 웨일
펴낸곳   포레스트 웨일
출판등록   제2021 - 000014 호
주소   충남 아산시 아산로 103-17
전자우편   forestwhalepublish@naver.com

종이책   979-11-93963-14-2

작가님들과 함께 성장하는 출판사
포레스트 웨일입니다.
작가님들의 소중한 원고를 받고 있습니다.
forestwhalepublish@naver.com